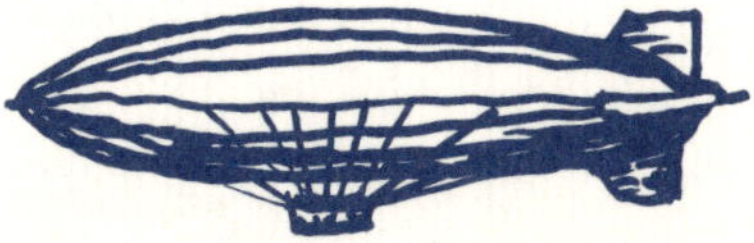

百鬼園
戰前・戰中
日記 上

內田百閒

慶應義塾大学出版会

百鬼園　戰前・戰中日記　上　目次

百鬼園　戰前・戰中日記　下　目次

編集　佐藤　聖
岡山県郷土文化財団

凡例

一　『百鬼園　戰前・戰中日記』は、岡山県郷土文化財団所蔵の昭和十一年から昭和十五年、及び昭和十八年の「文藝手帖」、昭和十六年の「三省堂手帖」、昭和十九年の「日本郵船株式会社手帖」を底本とした。昭和十七年の手帖は現存しないが、平山三郎氏による一月一日から四月二十二日までの翻刻原稿を末尾に参考資料として収録した。

二　手帖の表記は、カタカナ表記の横書であるが、ひらがな表記にあらため、縦書とした。原則として正字体・旧かな遣いとした。また、句読点を適宜加え、難読字には適宜ルビを振った。明らかな誤記は訂正した。

三　日付けは手帖に印刷されていた算用数字を漢数字にあらためた。

四　「手帖」には、見開き頁の右最下段に「MEMO」欄があり、百閒はその欄を独立して活用している。

五　俳句で『新輯　内田百閒全集第十八巻』収録の「俳句全作品季題別總覽」と異同があるものは〔　〕に注記した。

六　本文中の編集上の注記は〔　〕に入れ、新字体・現代仮名遣いで本文よりも小さな文字で示した。

七　本文中に、今日の人権意識に照らして不適切と思われる語句や表現があるが、時代的背景と、作品の歴史的価値にかんがみ、加えて著者が故人であることから、底本のままとした。

昭和十一年〔文藝手帖〕

一月一日　水
無爲。ひるね。夕、多田、大井來。酒をのむ。
一月二日　木
午後から、岡山市方言集稿本の續稿の爲カードの整理。なほ二三日かかるつもり也。
一月三日　金
午後から方言集のカード整理。栗村、木村來。夕方前に去る。夜も方言集。
一月四日　土
午後、前田良平來。夕、谷中來。方言集はかどらず。
一月五日　日
終日、方言集カードの整理。大分はかどる。夕飯に一昨日京都の中島から送つて來た鹿を食つた。
一月六日　月
午後、今村みそさざいを屆けて來た。從前と二羽になつた。小鳥全部で三十四羽也。朝、內山來。

寺田さんの告別式に代理をたのむ。終日、夕食後も方言集の整理。カードの整理終る。夜、村山來。

一月七日　火

例年の子供達との會食のため、先日京都の中島のくれた鹿の肉とは別に鶏肉とを持つて小日向に行き遲い午食。出《いで》〔出隆〕も加はる。夕方まで續き後で出と將棋をさして夜八時過歸る。

一月八日　水

夕、朝日の七階の日本鳥類研究所の談話會に行く筈だつたのをやめて、終日無爲。夕、大井その會に行くつもりで誘ひに來たが、そのまま夕食。內山來、岩瀨來。

一月九日　木

無爲。午、北村來。夕、東炎の應募原稿を讀む。中野來。酒をのみ、おとなしく歸る。

一月十日　金

朝より熱あり。腹痛甚しく下痢。八度五分を下らず夜半に至る。

一月十一日　土

おなか止まり熱七度五分。夕方から熱なほ下がつたらし。夕、金子安正來。會はなかつた。床中、宮城の今度の本の校正と東炎の應募原稿とを見た。

一月十二日　日

熱下がつた。村山、竹崎（航研卒業生）玄關迄來。午後、竹內來。宮城の今度の本を「騷音」と云ふ名にきめた。夜騷音の原稿（ゲラ刷り）校訂。

一月十三日　月

一日宮城の本の校訂。午後、改造、文藝の記者來。

一月十四日　火

宮城の騒音の校訂。

一月十五日　水

午、奥脇來。午後、航研松村來。小西來。今村來。清水清兵衛満洲より來（玄關迄）。夕、栗村來。夕食、大井來。その間に騒音校訂。

一月十六日　木

ひる前、內山來。午後、竹內來。夕、內山來。夕、宮城夫婦來。後で三笠書房に行つて又來る。宮城の騒音の序文の爲也。騒音の校訂を終る。

一月十七日　金

無爲。今年からお精進の日をしようと思ふ。今日は觀音様、母、こひのお父さんの日にて精進。

一月十八日　土

無爲。午後、內山來。夕、內山來。出隆來。將棋をさした。

一月十九日　日

無爲。午前內山來。午後今村來。夕、內山歸り來る。

一月二十日　月

夕、中野來。一緒に酒をのんでゐたら清水清兵衛來た。

一月二十一日　火

無爲。去年以來風呂に行き散髮。金矢歸つて居た。一緒に酒。

一月二十二日　水

無爲。夕より內山來り共に宮城へよばれて行つた。るすに黑須來りし。

一月二十三日　木

無爲。午後、東日に行き、辻に會つてサンデー每日の小說の約束をした。朝日に寄り美土路氏に多美野の事を賴んだ。

（丸の內車中）うららかや石垣にさす松の影

一月二十四日　金

サンデー每日に書かうと思ふ小說の腹案成る。夕、食事中に大井來。一しよに飮む。

一月二十五日　土

雪。サンデー每日の小說を少し書きかけた。

一月二十六日　日

午後、東炎の高橋爐染子來。內山來。無爲。

一月二十七日　月

午後、大井來。頰白をくれた。續稿。夕、多田來、太田來、中野來。みんな一緒に酒をのむ。

一月二十八日　火

午後、名古屋新聞大島來。これから每週日曜書く事になつた。森田七郎來。今村來。かやくぐり三番落鳥。

一月二十九日　水
午後、奥脇來。夕、平野來。夜、續稿。
一月三十日　木
午後、内山を呼ぶ。三笠書房の使來る。續稿。
一月三十一日　金
午後、内山來。多田來。金矢來。一緒に夕食。名古屋新聞の原稿かいた。「鵜の咽喉」。

二月一日　土
午後、多田來、大井來。三笠書房の使來。夕、又多田來、すぐ歸る。續稿捗らず。
二月二日　日
朝、今村が蟲を持つて來た外、何人も來らず。續稿捗る。
二月三日　月
續稿。夕、多田來。一緒に晩飯。
二月四日　火
續稿終る。題未定。三五枚。午後から大雪。
二月五日　水
午後、原稿推敲。文題、鬼の冥福。東日へ持つて行き、七十五圓受取つて歸る。多田待つてゐた。夕飯。
二月六日　木
午後、今村こがらを持つて來た。無爲。
二月七日　金

午、中央公論の松下來。午後、名古屋新聞の原稿を書いた。
二月八日　土
昨夜寢られなかつた。無爲。小鳥籠の棚を綜合飼桶のやうな設計にしようと思つて案をたてた。
二月九日　日
午後、野上氏を訪ふ。夕方歸り、一日無爲。
二月十日　月
午、北村來。多美野、唐助卒業につき、必要の金百五十圓の調達をたのんだ。夕方より「旅」の原稿書き始めた。
二月十一日　火
午後、今村來。三笠書房の使小川來。大井來。原稿が忙しいのに晝中何も出來なかつた。夕食後一寸寢て夜二時過迄に「旅」の原稿、飛行機漫筆、十枚書き終つた。
二月十二日　水
午後より書き始め、夕食後一ねむりして又續け、徹夜して朝五時に「寺田寅彦博士の追憶」十枚を中央公論の爲にかいた。夕、中央公論の松下來。
二月十三日　木
徹夜のあとで一日うつらうつら。夕、太田と多田來。一緒に夕食。
二月十四日　金
午後、名古屋新聞の原稿「馬丁」三枚半書いた。

二月十五日　土
午後、時事新報の原稿書き始む。「東支」三枚。夕、栗村、木村來、夕食。
二月十六日　日
夕方少し仕事。早く寢る。
二月十七日　月
朝、珍らしく早く八時前に起きた。午後より仕事。時事の原稿。大井來。夕方迄待たして、續稿して夕食。但、今日は精進料理なり。
二月十八日　火
午後、時事續稿、終る。「轔轔の記」十七枚。時事に持つて行つて原稿料五十一圓貰つて來た。
午後、三笠書房の使、續百鬼園日記帖の出版屆の印を取りに來た。放送局の吉川留守に來りし由。
二月十九日　水
ひる前、竹內來。床中に在りて會はず。午後、竹內來。多田來。何となく氣分重し。
二月二十日　木
午、小鳥二十三籠を入れる飼桶棚が出來て來た。午後、內山來。無爲。續百鬼園日記帖出來て來た。夕、多田來、夕食。
二月二十一日　金
午過、明朗の原稿「誕生日」五枚、使をまたせて書いた。午後、すぐ續いて名古屋新聞の「續阿房の鳥飼」四枚書いた。それから野上さんを訪うて夕方歸る。

二月二十二日　土
夕方前、佐藤春夫訪問。たみの、唐助の卒業につき、月謝等の清算に要する百五十圓の相談をして協力を得た。版畫莊にて佐藤氏の印税を先借りする事になつた。
二月二十三日　日
又大雪也。夕方より週刊朝日の原稿書き始む。書いてしまつた「むらさき」十枚半。
二月二十四日　月
ひる前「むらさき」を讀み返してすぐに偕樂園の放送局の和樂放送研究會へ行く。銀座の版畫莊に寄る。主人不在。明日行く事を約す。朝日に寄りむらさきの稿料の內20受取る。佐藤春夫を訪ふ。小日向に行く。正月以來也。歸つたら北村來。今度中公の「有頂天」の裝幀を北村にやらせる事にした。
二月二十五日　火
午後、三笠書房へ行き、それから版畫莊へ行き、佐藤春夫氏の印税七十圓を借りた。それを小日向に持つて行つてやり、歸つて待つてゐた多田と三崎町の帝國書院に守屋氏を誘つたが既に自笑軒に出かけた後で、すぐに自笑軒へ行き、野上、守屋、多田と會食。歸りに多田立寄る。
二月二十六日　水
午、北村、たみの、唐助の卒業の金の事につき來てくれた。その時、軍人謀反の噂を傳ふ。
二月二十七日　木
午後、多田來る。歸つた後夕方、一寸佐藤春夫氏を訪ふ。

二月二十八日　金

午後、散髪に行つた。夕、今村來。軍人の反亂今日に至りてなほ靜まらぬらしい。

二月二十九日　土

午後、久吉肺炎にて重態の電報來。すぐに行かうと思つても戒嚴令により交通停止で自動車がなくてぢりぢりした。やつと乘つて行つた。出を訪ふ。夕方歸つて出なほして小林博士をたのみ一緒に往診して貰つた。歸つてねたら一時半。反亂鎭定せり。

三月一日　日
午後、久吉を見舞ふ。少しよし。歸つて見たら、小西、大井、奥脇來て待つてゐた。一緒に夕食。
三月二日　月
午後、久吉を見舞ふ。出を訪うて歸る。夕、都新聞の上山來（二十九日の留守に來た原稿の用件）。夜、都新聞の原稿「雪明」第一回三枚半書いた。
三月三日　火
午後、久吉を見舞ふ。出に寄る。佐藤春夫に寄る。
三月四日　水
午後、都新聞の第二回脱稿。內山來。多田來。多田と夕食。村山來。都新聞の第三回を書く。
三月五日　木
午後、都新聞續稿二回書き終る。都新聞に持つて行き稿料を受取り、歸りに朝日へ廻る。內山來。
三月六日　金
午後、名古屋新聞の原稿、今古を書いた。
三月七日　土

午後、小西來。無爲。續日記帖寄贈本の內二十四册の署名をした。
三月八日　日
無爲。又雪。もとの學生迎某が多田に託した百鬼園隨筆、同續篇に俳句を書いてやる。續篇の分、學校騷動をさまりて
　泥水にあぶくの數や春の風
三月九日　月
無爲。午後、內山來。
三月十日　火
無爲。午後、多田來。
三月十一日　水
午後、東日にて辻を訪ふ。高原とも會ふ。行きがけに小川町川崎第百銀行にて十圓の小切手を受け取つた。午、內山來。夕、多田來。久吉の看護婦を歸す金を借りて來てくれた。內山來、託す。
三月十二日　木
朝、一寸動悸が打つた。それから又寢た。午後、小鳥のうちの保護鳥の餌養許可の爲神樂坂警察署へ行つた。佐藤春夫に廻る。會へなかつたので朝日に行つて赤井氏にたみのの事を頼んだ。蘭茶に會つて歸る。
三月十三日　金
午後、東日、辻來。名古屋新聞の原稿「謝肉祭」を書いた。初めての春雨、暖かし。

三月十四日　土
午後、朝日へ行き、赤井氏に會つてたみのの事につき美土路氏の返事を聞く。駄目らしい。中央公論に雨宮氏を訪ふ。一寸席にゐないと云ふので、東京驛の風呂に這入つた。風呂は何十日振り也。中央公論に歸り、雨宮に會つてたみのの事をたのむ。夜、桐明を訪ひて十五圓借りた。一緒に行つて外にまたしておいた。こひに渡す炭屋が癪にさはつたからである。
三月十五日　日
午後、村山來。夕、大井來。食事。平野來。亦一緒に食事。
三月十六日　月
朝、野上氏來たけれど、まだ寝てゐたので歸つた。午、北村來。日日に寄稿する「新道の飛行機事故」を書いた。夜、松浦嘉一、月末倫敦に行く挨拶に來た。
三月十七日　火
（以下二十五日記）朝、出〔出隆〕來。久吉の重態を傳ふ。午過、一緒に出て出の帳場の自動車にて小林さんを頼みに行く。小林さんは夕方七時半に來る事になつたので小日向へ行き、久吉を診る。惡し。出に行き、歸つて枕頭に坐つて二こと三こと話した（起こして貰はないで落ちついて寝てゐたのか、えらいね、と私が云つた）。間もなく死んだ。一旦歸る。金矢、平井來。中野來。金矢、平井に先に行つて貰ふ。多田、北村來。中野に先に行つて貰ふ。多田は、お金の工面の爲出かけた。北村と小日向へ行く。午前三時歸る。
三月十八日　水

內山に太田を迎へに行かして太田に枕經を上げて貰つた。戒名、則天院利久信士。
午、中野來。午後、小日向へいなりすしを持つて行く。夕方、一度內山と歸り、內山に茶飯のむすびを託す。中野來てゐた。夕食後一緒に小日向に行く。夜半歸る。昔法政で教へた剛山が導師となつてくれる。夜お經。
三月十九日　木
葬式。初七日逮夜の膳をすませる。（たしかこの日であつたと思ふ。たみのが去年洗禮を受けてゐる事を初めて聞き許さず）出棺前、出の所に電話あり。こひの伯母さん、深川のふじ危篤を知らせる。
三月二十日　金
午後、たみの詰責の爲、小日向へ行く。歸りて名古屋新聞の原稿を書いた。中野、內山來てゐた。一緒に夕食。中野にお金の不足の調達を賴んだ。
三月二十一日　土
夜、中野お金を持つて來てくれた。
三月二十二日　日
午後、小日向へ行き、たみのに勘當を申渡す。出に寄つて歸る。夜、深川のをばさんのお通夜にち江が行くのを自動車で送つてやつた。
三月二十三日　月
深川のをばさんの葬式にこひ行く。午、栗村來。一緒にうなぎ飯を食つた。黑須來。

三月二十四日　火
午後、散髪をして實業の日本社に內山基を訪ふ。不在につき、春陽堂に宮藤を訪ひ「方言」の原稿が幾月も書けなかつたことわりを云ひ、歸りに實業の日本に寄って內山基に會つた。
三月二十五日　水
無爲。
三月二十六日　木
午後、內山來。一緒に出て湯島の今村小鳥店に行つて見た。內山は帝國書院に行つて夕方歸つて來た。夕食。
三月二十七日　金
午後、佐藤春夫氏を訪ひ、こひがをばさんの初七日に行く爲に著物を質から出す金を借りて來た。歸つてから夜にかけて、夕飯前に名古屋新聞の原稿書いた。
三月二十八日　土
午後、中央公論の雨宮、小暮來。內山來。朝日に行き、中野に豆廻し（いかる）をやる。航空部に久吉の香典の御禮を云つて來た。實業の日本に寄り、內山基に會つて來た。
三月二十九日　日
午後、駒込林町の茅野氏を訪ふ。無爲。
三月三十日　月
氣分重く、ひるねをした。無爲。

三月三十一日　火

手紙。葉書を澤山書いた。

四月一日　水
午後、茅野氏來。續いて大井、多田、太田來。四氏と共に夕食。間で村山玄關迄來。
四月二日　木
午後、ひるね。內山來。內藤吐天來。內山と夕食。
四月三日　金
午後、內山來。先日來の腹の腫物に熱をつけて七度五分。氣分わるし。
四月四日　土
夜、佐藤春夫氏訪問。るすに內山來た由。晝、中公の雨宮、小暮來れども寢てゐて會はず。
四月五日　日
中央公論社から出す「有頂天」の原稿整理。先月十七日に渡す筈であったのが遲れた。
四月六日　月
原稿整理の足りないところを補ふ。午後、雨宮、小暮來。原稿を渡した。久吉三七日。今日で茶の間の位牌の代りの紙片を取る事にする。
四月七日　火

今日は、原稿を書くつもりであつたが駄目。午後、深川千田町の此間なくなつたこひのをばさんの御亭主のつんぼのをぢさん來。今村來、大井來。夕食。內山來。

四月八日　水

無爲。腹のおできまだなほらず。

四月九日　木

午後、內山來。午後、中央公論へ印税前借五百圓の交渉に行く。纏らず。明日に持ち越し。

四月十日　金

午後、中央公論社へ昨日の話の續きに行き、午後中つぶした。二度外に出て東日や朝日に廻つたけれど、辻、高原、中野だれもゐなかつた。夕方、又中央公論に戻り、やつと二百圓受取つた。半端な金にて實に困る。

四月十一日　土

午後、佐藤春夫氏を訪ひ、來客中だつたので、玄關にて返金延期の諒解を得て歸りに散髮した。

四月十二日　日

午後、久吉の吊問〔弔問〕の手紙の返事殘りを六通書いた。淚滂沱。堪らない。おなかのおでき、まだなほらない。

四月十三日　月

手紙二通書いただけ。無爲。しかし近近に書きたい文章の腹案徐徐に成る。

四月十四日　火

夕、多田誘ひに來り。新橋本むろの茅野氏の招待に行く。大井も同席。

四月十五日　水

無爲。だれも來なかつたから雜誌の小說を讀んだ。

四月十六日　木

午、北村來。春雷激し。夕、森田たまさん來。大井來。

四月十七日　金

久吉の命日につき、家にぢつとしてゐるに堪へず、午後とに角出かけて方方を步く事にした。二時四十分頃が氣になるからあわてて出た。先づ電車にて野上さんの許に行つたがゐないので、電車で上野まで來て池ノ端と山の橫を車窓から見て、中途で氣が變わつたから上野から引返して飛鳥山へ行つた。東京へ來てからお花見は初めてではないかと思ふ。それから帝國ホテルの田中力の招待に行つた。田中、野上、多田、後から茅野來。ロビーで待つてゐる間に谷川徹三に會つた。帝國ホテルからサイセリヤに行つた。

四月十八日　土

午後、內山來。濱松のお梅さんが今朝死んだ事を知らせた。中央公論の松下來。小石川金富町の金剛寺に久吉の引導を渡してくれた剛山正俊を訪ひ、著書八册を贈つた。お骨をお寺に預かつて貰ふ事をたのむ。內山がまた來て待つてゐたので一緖に麴町の全生館に堀野義丈氏を弔問し、同席の北村、多田と東京驛に送り、歸りに內山、多田、北村來。みんなと食事。

四月十九日　日

無爲。

四月二十日　月

無爲。無爲と書くのは、何かしようと思つてゐる時の癖らしい。午後、內山來。夕方まで居て夕飯。

四月二十一日　火

無爲。小鳥に水を浴びせてやつた。

四月二十二日　水

無爲。午後、中公松下來る。百枚の小說の約束をした。午後、小田急に北村を訪ふ。

四月二十三日　木

昨夜一睡も寢られず。無爲。松阪〔坂〕屋の大江良太郎原稿の事にて來。

四月二十四日　金

午後、新京の濱地來。夕、米川文子來。一緒に夕食。

四月二十五日　土

無爲。風雨。

四月二十六日　日

午後、佐藤春夫氏を訪ふ。

四月二十七日　月

午後、久吉が死んで以來、名古屋新聞の二回を除いて何もしなかつたが、四十日ぶりに初めて原稿を書いた。内山來。夜まで仕事を續けて十四枚。サンデー毎日の原稿なり。

四月二十八日　火

午後、原稿を持つて東日に行き、五十六圓受取る。内山來てゐた。十五圓小日向に託す。夜、食後、こひ、ち江を伴ひ自動車にて新橋より銀座、深川公園、吉原、淺草、上野に乘り廻した。

四月二十九日　水

午後、内山來。たみのの事につき話す。又十五圓を託して小日向を濱松に行かせる。夕、山名來る。夕、濱地誘ひに來り。Aワンにて御馳走。歸りにサイセリヤに寄る。

四月三十日　木

午後、小田急の北村を訪ひてたみのの件につき話した。米川文子の箏屋、絲を締めてくれた。

五月一日　金
午後、暫らく振りに箏を弾き殘月手事の練習を始む。夕、金矢來。夕食。
五月二日　土
午後、松坂屋の雜誌「新裝」の原稿、葦切、三枚書いた。ひる前、中公松下來。今度の小說の事也。夕飯の前と後と箏練習。殘月と八段半分。
五月三日　日
午後、東日の原稿を考へて未だ成らず。隨分暫らくぶりに風呂に行つた。夕、大井來。ゲゼンネクに旅順入城式、冥途、王樣の背中、鶴、の四册を託す。夕飯。箏を彈いた。
五月四日　月
午後、內山來。無爲。一寸うたたね。夕、山水樓へ。岡山の野間五造氏の招宴に行く。留守中に今村、ひばり、さざえを持つて來た。
五月五日　火
午後より東日の原稿書く。夜も書きて二回分。
五月六日　水

午後、東日の原稿の續き。中央公論の佐藤觀次郎氏來。原稿書き終り、竹梯庵の記、と題す。東日に持つて行き、春陽堂に廻つて方言の原稿の出來ぬことわりを云ふため宮藤に會ひ、歸りに東京驛精養軒支店にて、汽車辨當その他を買つて來た。夜、大井來る。

五月七日　木

山風の塔にあつまる若葉かな

鹽こぶに茶をかけ居るや軒若葉

無爲。

五月八日　金

午後、山名來。三笠書房の使來る。玄關から返して會はず。中央公論の小説を今日から書き始めた。題未定。今日はやつと三枚半。

五月九日　土

續稿捗らず。午後、松下來。晝一寸ねて、三時迄に漸く十枚。

五月十日　日

續稿、午後と夜は夕食後一睡の後、四時迄つづけて二十九枚。その後、ぐづぐづしてゐる内に夜が明けたるからねた。夜、一睡してゐるところへ内山來る。

五月十一日　月

午、松下來。午後中、書き上げたところまで推敲。夕、佐藤（觀）來。それだけ渡す。二十七枚。あとを二三枚書いて一寸寢るつもり也。

五月十二日　火

昨夜は寝て、今朝早く起きた。午前中より仕事を始め、夜一時迄に五十七枚まで書いた（今日三十枚書いた）。夕、松下來。夜こひと近所を散歩した。

五月十三日　水

朝から續稿。午後、松下來。午後三時頃終る。七十一枚。使に渡しておいた後で、夕方から印刷工場（日清印刷。今は大日本印刷榎町工場）へ行き、校正刷にて未推敲のところをなほし、向うで辨當を食つて歸りて、更めて一杯。

五月十四日　木

午後、唐助初めて來る。

五月十五日　金

午後、唐助來、國民新聞菊池來。大森桐明來。散髮に行つて歸つて見たら、谷中、大井、栗村、石井、木村、金矢來て待つてゐた。

菊美を堀野の養女にやる事にきめた。その承諾の挨拶と書類を持つて、金矢に濱松へ行つて貰ふ事にした。

五月十六日　土

朝、動悸。暫らく振り也。先日中の疲れならん。又寝る。午後、佐藤春夫氏を訪ふ。るす。夜、奉天の清水清兵衛、正月以來また來た。銀座に出てフレーデルマウスにて三鞭酒をのんだ。清水又ついて歸る。一時過ぎて歸つた。

五月十七日　日

朝、動悸二回。久吉の命日なり。既に二月。午後、佐藤春夫氏を訪ふ。歸つてから、大井來。先年、石橋元一氏から貰つた鶯を大井にやる。中野來。夕飯。

五月十八日　月

午、唐助來。午後、三笠書房竹內來。佐藤春夫氏來。竹內と一緒に去る。多田來。國民菊池來(玄關迄)。夕、金矢來。夕食。午前より有頂天の校正を始めたけれど捗らず。

五月十九日　火

午後、國民の原稿書いた。すぐこひに屆けさす。夕方より、東炎の原稿書き始む。

五月二十日　水

午、唐助。午後、中公の小暮來。東炎原稿「蝙蝠館」上を書き終る。村山來。談す。

五月二十一日　木

午、北村來。一寸ひるね。夕、大井來。夕食。その間に輕い動悸二回。

五月二十二日　金

午後、今村來。兼ねて賴んでおいた鶯につき向うから矢張り雛の方がよからうとすすめるので、まかせる事にした。唐助來。夕、有頂天に入れる俳句の整理をした。

五月二十三日　土

一日校正。捗らず。

五月二十四日　日

校正捗らず。夕、東日記者中山來。清水清兵衞來、櫻澤來、約束により晩食。大井、ほほじろの雛を持つて來てくれた。
五月二十五日　月
午、內山來。午後、中央公論小暮來。平野來。櫻澤來。校正捗らず。
五月二十六日　火
午後、唐助來。校正稍捗る。八十餘頁迄。
五月二十七日　水
校正。
五月二十八日　木
唐助、堀野に從ひて岡山に行くと云ふ手紙をよこしたが、それを許す事は出來ぬので、濱松に電報を打つたりして不愉快で到頭一日何も出來なかつた。午後、中公小暮來。校正出來ただけを渡す。一一二頁迄。
五月二十九日　金
ひる前、中央公論社へ印税の先借りに會計の松林に會ひに行き、本人出て來らずして、謝られて大いに不愉快也。午後、西銀座の版畫莊に此間の十五日に谷中から傳言された私の全集の事につき話しに行つた。今日は誕生日也。夜、村山來。內山來。
五月三十日　土
無爲。今村來。鶯の附け子の事を先日一寸話したが、今日更めて約束した。六月末持つて來る由。

夜、内山來。方言集整理少少。

五月三十一日　日

無爲。午、唐助濱松より歸りて來。續いて北村來。出〔出隆〕來る。將棋をさした。

六月一日　月
　ひる前、雨宮、小暮來。雨宮といつか話しておいた全輯百鬼園隨筆の件は撤囘と話をきめた。版畫莊に全集として出させるつもり。夕、多田來。夕飯。
六月二日　火
　午、唐助來。午後、出〔出隆〕來。夜、桐明を訪ふ。留守。吐天を訪ひ、閑談して歸る。
六月三日　水
　午、東日に行き、高原に會つて二十圓前借して貰つて來た。新興婦人と云ふ東日の雜誌に書く事になつた。午後、久しぶりに風呂に行つた。唐助が來て待つてゐた。十圓渡す。小學館の編輯員來る。夜、佐藤春夫氏を訪ふ。
六月四日　木
　午後、小田急の北村のところに寄り、新京の三郎を今度の全集の仕事を機會に呼び戻す事の可否について相談した。それから築地伊吹の吐天の落葉松の會に行つた。方言集の原稿を書いた。
六月五日　金
　午後、唐助來。野田誠雄來。中央公論出版部員來。夕、內山來。すぐ歸る。

六月六日　土
　方言集原稿。夜、大井來。谷中來。
六月七日　日
　有頂天校正。午後、內山來。夜、清水清兵衞來る。
六月八日　月
　校正。午後、唐助來。版畫莊へ使にやる。夜、米川文子來。
六月九日　火
　ひる前、室町ビルの土居を誘ひ、素琴先生の還曆祝ひの相談をして來た。午後、校正。夜、食後桐明を誘ひ、吐天とも落ち合って素琴さんの事を相談した。
六月十日　水
　午後、唐助來。校正。
六月十一日　木
　午、中央公論中村來。午後、內山來。小日向へ使に行つて貰ふ。夕、大阪の桑田氏初めて來る。內山來。一緒に鮨を食つた後、內山が桑田を案內して小日向に行く。その後へ版畫莊の平井と小林來。全集の話。夜、內山もう一度來る。朝日學藝部よりたみの就職の事を云つて來た。
六月十二日　金
　午後、北村來。有頂天裝幀の相談、たみのの就職の事、お金の事の相談。校正。
六月十三日　土

校正捗らず。午後、小田急北村を訪ふ。夜、內山來る。
六月十四日　日
午、唐助來。煙草を吸へと云つた。その他相剋記の事、多美野の朝日新聞の事等話す。多田夫婦、初めて杉彥を連れて來た。夜、村山來。
六月十五日　月
お金がちつともなくて困る故、面會日なれども出かける事にして、午後、文藝春秋に行き、齋藤を訪ふ。まだ來てゐないので、時事新報に行き、佐藤に會ひ三十圓前借をたのむ。承諾したけれど印を捺す人が來てゐないと云ふので再來を約し、又文春に行き、齋藤氏にあひ百圓すぐ貸してくれた。歸りに時事に寄りて三十圓すべて成功して歸る。岩波佐藤、中公中村、大井、小學生讀本編輯者來る。大井と夕食、唐助來。
六月十六日　火
午前、校正。午後、東炎應募原稿選。中公中村來る。散髮に行き、床屋で見たガラスの水鉢買ひたくなつて初めて新宿の三越に行き、又伊勢丹にも初めて這入つた。伊勢丹であつらへて歸る。魚は、ルリタナゴと云ふ。岡山のカメンドウにあらざるか。夜、內山來。
六月十七日　水
午後、唐助來。中央中村來。久吉の命日也。午後、矢來下に行きて筆、筆立て、墨精及び、又別の店にて鉢植ゑの草數種買つて來た。
六月十八日　木

校正。午前、內山來。午後、產業總合中央金庫員來り、舊債四千百何十圓が來月二日時效になるにつき、印をもとめた。中央公論中村來。夕、版畫莊の平井の招待に行き、本を出す事につき相談してきめた。

六月十九日　金

午後三時頃、八分近くの日蝕なれども細雨の空にて判然せず。中央公論松下來る。」

版畫莊へ印税の件にて行く。」

歸つたら唐助來て待つてゐた。先日來の小日向臺との喧嘩につき、男の子なれば何も云はず私もだまつてゐた。初めて夕飯を食はす。內山來、一緒に夕食。

六月二十日　土

午後、改造記者來。東京社記者來。時事新報に行きて、夕刊第一面の連載小說の話を承諾した。寫眞をうつした。」

內山待つてゐた。留守中に村山來りし由。夕、中公中村來。

六月二十一日　日

午後、校正一臺。午後、村山來。東炎原稿蝙蝠館（中）五枚書いた。午後、黑須來。夜、村山來、原稿渡す。夜、有頂天の見返し、扉畫、表紙等の揮毫。久吉の香典返しを延引乍ら早くしたい。夜、その袱紗に染め出す俳句を揮毫した。

六月二十二日　月

午前、內山來。午後、岩波佐藤から頼まれた「鷗外先生の文法」を書きかけた。日淸印刷に有頂天の校正に行つた。暗くなる頃歸る。夜、續稿終る。五枚。留守に內山來、大井來。螢をくれた。

六月二十三日　火

有頂天の校正一臺。午後、版畫莊平井來。夕、唐助來。中公中村來。唐助を待たしておいて中村との用談をすまし、後で唐助と夕食。

六月二十四日　水

朝と午、中公の使來る。校正。午後から日清印刷へ校正に行く。村山手傳ふ。夜に入つて私の初校だけ漸く終つた。自動車にて送られて歸る。

六月二十五日　木

朝、有頂天校正の事にて村山來。午後、朝日新聞にたみのの事をことわりに行つた。新學藝部長服部氏に會つた。連載小說の依賴を受けた。時事の後と云ふ事にした。歸りに佐藤春夫氏を訪ふ。その行きと歸りとに日清印刷に寄つた。留守に初めて田中雅麿來りし由。夜、內藤吐天來。今村、めじろのひな四羽持つて來てくれた。

六月二十六日　金

暫らく振りに無爲。夜、內山來。村山玄關迄來。

六月二十七日　土

今日も無爲。午後、中公中村來。版畫莊の小林玄關迄來、百圓の小切手を持つて來た。夕、唐助來、御馳走を食はす。

六月二十八日　日

無爲。ひるね。

六月二十九日　月

改造の原稿「羅馬飛行」書き始む。四枚迄。午、唐助來。岩波、銀行、小田急北村等に使に行かせる。內山來。鈴木三重吉氏の告別式に行つて貰ふ。夕飯。夜、三重吉氏の宅を吊問す。

　大久保や遲き梅雨降りしぶく宵

六月三十日　火

からだだるく無爲。夜、內山來。夕食後、こひと中野橋場の森田たまさんを訪ねた。

七月一日　水
　午、谷中來。夜、佐藤春夫を訪ふ。留守。
七月二日　木
　午後、ひるね。小田急北村を訪ふ。一旦歸つて朝日中野を訪ふ。小日向の水道を停めると云ふ三圓許りの金策の爲也。中野後から持つて來てくれる事になり、歸りに唐助に速達を出しておいたら歸つたら唐助來た。その後から中野來。夕、谷中來。中野と話中だつたので玄關でことわつた。中野と夕食。
七月三日　金
　朝、動悸打つた。ひるね。無爲。夕、內山來。
七月四日　土
　約束の時事新聞の隨筆を書き始めた。午後、中公中村來。夕、唐助來。牛鍋と鮑を食はす。
七月五日　日
　午後、尾久のアパートの田中雅麿を訪うた。夜、寢る前（九時頃）に櫻澤、岩瀨、金子、高橋、谷上等來る。玄關にてことわる。

七月六日　月
午後、散髮。それから中央公論に行き、百九十三圓受取つた。時事に行き原稿延引の諒解をもとめ、谷中の插畫を決定した。版畫莊に行き、二百圓の小切手を受取つた。土居の事務所に行き、東炎の相談會。歸つたら唐助待つてゐた。それから食事。
七月七日　火
夜明、朝、夕方と三囘動悸。但し、左迄ひどくはない。午、唐助來。午後、小田急北村を訪ふ。三郎歸つてゐる事をきいた。夜、佐藤春夫氏を訪ひ、五十圓返した。俳句その他を半切にかいた。午後、今村鶯の雛を持つて來た。三十五圓也。溜まつてゐた分と共に五十圓拂つた。
七月八日　水
午前、文藝春秋の原稿の件につき、共同印刷に行く。まだ來てゐない。午後、又行く。まだ來てゐない。今日は來ないと云ふので、內幸町の文藝春秋社に行く。午後、平野來。三十圓貸してやつた。夕、北村三郎、後から北村來。夕食。
七月九日　木
夜明三時半から動悸。五時になほつた。一日何も出來ず。夜、早く寢る。その後に、內山來る。
七月十日　金
改造の原稿少し書いた。一寸ひるね。午後、名古屋新聞大島來。夜、內山來。
七月十一日　土
改造の原稿「羅馬飛行」續稿大分捗つた。夕方、唐助來、食事。

七月十二日　日

羅馬飛行續稿。文藝春秋の原稿は到底出來さうもないから、午後、落合長崎の齋藤龍太郎氏の許にことわりに行つた。夜も續稿。一時半迄にて二十五枚終り。

七月十三日　月

朝、大日本印刷秀英舍工場に改造の出張校正の編輯者を訪ねて原稿を渡した。午後、改造へ稿料の內金を受取りに行つた。五十圓。夜、內山來。有頂天寄贈本に署名した。約七十册なり。

七月十四日　火

午後、散髮して朝日に至り、中野に會ふ。午後、唐助來りて發送の有頂天の名宛書を書いた。夕食一緒。

七月十五日　水

ひる前から午後にかけて、書きかけてゐた時事新報の原稿の續きを書いた。午後、中公中村來。航研松村來。大井來。谷中來。二人と夕食。夜、新潮の長沼來。短篇の依賴ことわつた。

七月十六日　木

午後、竹內來。夕、北村三郎來。唐助來。三郎の爲に第二回の御馳走。その席に夜、岩せ來。

七月十七日　金

朝、金矢帽子を返しに來。ひる前から時事の原稿。午後、唐助、內山二人にて、久吉、母の骨及び祖母の分骨を持つて來た。それを携へて小石川金富町の金剛寺へ預けに行く。お施餓鬼の御膳をよばれた。三人で歸つて來て、更めて夕飯。

七月十八日　土

午前、日本青年會の編輯者來。續稿、午過終る「追慕二題」と題す。十六枚。時事新報に持つて行き、先月寫した寫眞をくれた。それから版畫莊に行き、朝日に廻り中野に會ふ。非常にあつし。三四・四度なりし由。夕、唐助來り飯を食つてゐる所へ田中力來。大團扇をくれた。村山玄關迄來。

七月十九日　日

机邊の雜用を片づける。午後、神戸の城川二郎來。夕飯後歸る。大雷雨なり。夜、內山來。

七月二十日　月

雜用の殘りを片づけた外無爲。

七月二十一日　火

未明、午後、夜の三回輕き動悸。夜は稍長し。午後、唐助來。午後中に名古屋新聞「蚤と雷」六枚書いた。

七月二十二日　水

朝、村山來。午、谷中來。午後、東炎原稿蝙蝠館（下）六枚書いた。夜、村山取りに來た。

七月二十三日　木

午後、朝日中野を訪ふ。無爲。

七月二十四日　金

無爲。夕方、唐助來。後にのこして御飯をたべさせるやうにして、天然自笑軒の芥川忌に行く。

歳々や河童忌戻る夜の道

七月二十五日　土
あつし。午後、方言の原稿と日本青年新聞の原稿と書いて、二つとも發送。夕、唐助來。夕食。
七月二十六日　日
午後より朝日の原稿二回分八枚書いた。
七月二十七日　月
朝から午後にかけて朝日の原稿二回分八枚。三代、頬白。唐助來。唐助を版畫莊に行かせる爲一緒に自動車にて朝日へ行く。原稿は三回にしてくれと云ふので一回分撤回した。夜、素琴先生還曆祝の爲、小櫻橋のよしのへ行く。（先生は還曆のやうに笑つてゐ）
七月二十八日　火
一兩日來のつかれにて今日は休養、無爲。
七月二十九日　水
午後、唐助來。北村の會社に行かす。非常にあつし。三七度なり。苦しくなり何も出來ぬ。夜、內山來。
七月三十日　木
朝から東日ホームライフの原稿「音樂と繪」六枚を脫稿。午後、唐助來。それを持つて東日に行かせる。歸つて來てから夕飯。夜、今村あつらへておいた目白の飼桶二つ（四つ分）持つて來た。
七月三十一日　金
ひる前、唐助來。東日高原來。無爲。東日の緣臺俳句に投ず。

昭和十一年七月

物干しの猿股遠し雲の峯

八月一日　土
午後、東日の原稿河豚三枚書いた。夜、谷中來。
八月二日　日
午後、京大新聞原稿「第二の離陸」六枚書いた。
八月三日　月
午後、一寸ひるね。文藝春秋の先月遲れた原稿書き始む。「棗の木」まだ捗らず。非常に涼し、七十四五度也。
八月四日　火
午後、一寸ひるね。佐藤春夫氏より廻した「淨土」の編輯者玄關迄來。文春續稿。夕、唐助來。夕食。夜、夜店にこひと行き、竹を買ふ。
八月五日　水
午後、多田來。竹內來。今日は原稿書けなかつた。
八月六日　木
午、唐助來。無爲。文春原稿急ぐのに困る。夜、今村、朱盆附目白籠四本揃持つて來た。

八月七日　金
暑し。午過、雷雨ありて急に涼しくなる。無爲。
八月八日　土
文春續稿捗らず。夕、唐助來。夕食。
八月九日　日
原稿書けず閉口なり。夕飯中、唐助來。夜、途中迄一緒に出て佐藤春夫氏を訪ふ。
八月十日　月
原稿書けず。午後、時事新聞に行きて四十五圓借りて來た。夕、唐助來。夕飯後、原稿が書けぬから唐助とち江とを連れて自動車にていつかの様に新橋、銀座、大川端、東京、上野をドライヴして歸る。
八月十一日　火
午後、三笠書房の東堀來。今日は大分原稿書けた。しかしもう間に合ふか合はぬか也。夜も少し書く。
八月十二日　水
文春の原稿捗る。終る。夕、唐助來。御飯。
八月十三日　木
午後、小西來。無爲。又あつし。
八月十四日　金

少し涼し。午後、銀座版畫莊へ行く。休みにて何人も居らず。唐助來てゐた。無爲。
八月十五日　土
午後、大阪ビル文藝春秋社へ行く。棗の木は來月號になつた由。いつぞやの前借百圓の外に三十三圓受取つた。歸りに勸業銀行に寄つて最近になつて歸つた菊島に會つた。夕、谷中、大井來。夕飯。夜、佐藤春夫氏の許より平井君來る。漱石先生愛讀文集の用件也。
八月十六日　日
午過、唐助來。午後、村山來、玄關迄。無爲。
八月十七日　月
午後、銀座版畫莊へ行く。夕、唐助來。夕食。
八月十八日　火
版畫莊の全輯百間隨筆の編纂。舊稿「老猫物語」を東炎に出すについて「「老猫物語」に就いて」を書いた。四枚。午後、中公松下來。唐助一寸來。夜、村山來。淸水淸兵衞、栗村、木村來。
八月十九日　水
全輯の編纂を午前より續けて午後、大體終る。版畫莊に歸り、受取る筈の四百圓、二十五日と來月との二回二百圓宛となり、差當りの事にこまる。夕、唐助來。夕食。
八月二十日　木
午後、尾久の田中雅麿を訪ふ。
八月二十一日　金

東日、新興婦人の二ケ月位前の約束原稿を書き始めた。午后、東日に行き、高原に會ひ、サンデー毎日の辻からお金を借りて貰ふ樣に賴んで來た。夕、唐助來。夕食。

八月二十二日　土

東日原稿を續く。蜂七枚、女煙草三枚脫稿す。東日に行き、その原稿を渡し、別に七十圓借りて來た。これで唐助濱松へ行く。唐助午後より來。夕食。頭痛し。

八月二十三日　日

午後、こひと新宿へフナを買ひに行つた。歸つてから一寸ひるね。氣分勝れず。

八月二十四日　月

無爲。午後、大井來。夕食。

八月二十五日　火

二三日來氣分が惡いと思つたら、風邪をひいたらしい。無爲。

八月二十六日　水

午後、版畫莊平井來る。二百圓持つて來てくれた。まだ氣分勝れず。

八月二十七日　木

氣分惡く無爲。夜、こひと四谷通を步き玄關に置く小卓子をさがした。買はずに歸つた。

八月二十八日　金

無爲。玄關の小卓を買ふ。玄關に裝置す。夜、食後、久吉の死後ずつと小日向の家にゐる妻來。麥酒をのます。

八月二十九日　土

非常にあつし。無爲。午後、佐藤春夫氏の許より平井來る。夜、佐藤春夫氏を訪ふ。

八月三十日　日

昨日にもましてあつし。到頭夜十時頃發作を起こした。いつぞやの三十六時間半、又その次の年の二十六時間の記憶あり。あまり暑かつた後なので氣になつた。なほらす。

八月三十一日　月

夜半過ぎ四時になほつたかと思ふとその後が結滯になつた。朝、小林さんに行く。新宅には初めてなり。向うでなほつた。十一時なり。十三時間續いた。身體わたの如し。夜、内山來。夜、大雷雨。出かける前に岩波の小林來。玄關で會ふ。

九月一日　火

午前、石原健生紹介の淸水來。漱石先生の扇子を見てくれと云つた。贋物のやうである。午後、被服廠跡の震災記念堂と石原町のお寺とに行く。近所で長野の事をきいて見たが、十四年昔の事なのでよくわからなかつた。谷中、大井、多田、太田、平井、小日向の妻、田中來。谷中、多田、太田及び田中と夕食。夜、發作。間もなくなほつた。

九月二日　水

まだ蒸し暑し。無爲。夜、內山來。夜、雷雨。夜、寢かけたら發作。間もなくなほつた。

九月三日　木

午前、岩波の小林來。版畫莊の小林來。これ等の用談は玄關の小卓にてすむ。便利なり。午後、又むしあつし。夜、雷雨。午後、寺田寅彥全集の內容見本の推薦文を書いた。几邊雜用。夜、婦人畫報原稿少し。

九月四日　金

晝過より婦人畫報の原稿「新月隨筆」十枚脫稿。夕方、又雷雨。少し涼しくなつた。

九月五日　土

全輯百間隨筆第一巻の印刷原稿校訂を終る。午後、內山來。手傳ふ。すんだ原稿を持つて版畫莊に行かせる。歸りに寄り夕飯。
九月六日　日
午後より原稿書き始む。先づ文藝春秋「話」にあてようかと思ふ。題未定。ライスカレーの話也。但し、書き始めた計り。宵寢して一睡忽ち動悸四十分續いた。
九月七日　月
又あつくて無爲。夕刻、動悸三時半より一時間十分續く。身體綿の如し。
一睡したら又睡眠中に動悸起る。十一時半也。それより夜中二時十五分迄二時間四十五分續いた。
九月八日　火
朝起きても氣分わるし。又あつい。午後、內山來。村山來。無爲。今にも動悸が打ちさうで不安でたまらぬ。」
夜、八時十五分起つた。中中なほらす。十一時過、小林さんに行く。
九月九日　水
終に夜通し小林さんの所から歸れなかつた。三時頃氣分惡くなり、注射を受く。お酒をのまして貰ふ。四時四十五分、やつとをさまつた。八時間二十分つづいた。朝になつて歸る。一寸寢た。三時間許り。終日半病人なり。まだ暑し。
九月十日　木
夕、金矢來。夕食。金矢の歸つた後、九時二十五分また動悸起こる。十一時過、小林さんに行く。

なほらず又小林さんにて徹夜。注射二本。

九月十一日　金

夜が明けてから一寸自動車にて家にかへり、又すぐ小林さんに行く。內山を呼び、版畫莊の小切手を武藏小山の銀行まで取りに行かせる。あまりなほらぬので、今度は死ぬのではないかと思つた。午後一時二十五分なほつた。十六時間なり。家に歸つてもふらふらした。

九月十二日　土

終日、靜養。昭和九年五月六日に書いた遺言書を更めて午後中かかつて新しく遺言書を書いた。朝六時半床中にて動悸起こりびつくりしたが、すぐになほつた。夜はち江をつれて四谷の夜店にて松蟲二匹、鈴蟲一匹、ヱンマコホロギ二匹買つて來た。

九月十三日　日

終日、靜養。大分落ちついたけれど、まだ暑いので不安也。朝、宮城夫人サントリヰスキと朝鮮のソーセーヂとを持つて見舞に來てくれた。午後、昨日書いた遺言を讀みなほして封をした。

九月十四日　月

終日無爲。靜養。まだ不安なり。夜、村山來、外にて話す。それだけでもつかれた。唐助濱松より歸來、夕方おみやげの汽車辨當と鯛めしをおいて行つた。

九月十五日　火

まだ暑い。不安去らず、ぢつとしたまま無爲。今日は面會日なれども、二三日前から約束のある者、來さうな者には葉書でことわつておいた。午後、奥脇來。病氣の事を話して三十分許りで歸つて貰つた。至文堂來、玄關ですます。夜、唐助來。
九月十六日　水
九月半ば過ぎてまだ暑い。その爲からだの調子がもとにかへらぬ。閉口してゐると午後三時前、急に氣溫が降つた。三十三度から忽ち二十七度になつた。蘇生の思あり。空も曇つた。四時半には二十六度が切れた。午後七時半二十三度。夕、森田たまさん來。ぢき歸る。
九月十七日　木
涼し過ぎる。二十度から二十三度位。鼻風邪をひいた。
氣分よし。几邊雜用。夕飯に唐助來。
九月十八日　金
午後、版畫莊平井來。午後、三笠書房竹內來。午後、文藝「話」の書きかけてゐた原稿を書いた。唐助來り。持つて行つて稿料を受取つて歸つた。
涼しくて段段元氣がつく。但、朝一回小發作あり。

裏山の峯に燈のある夜の長き
沙濱を大浪の走る夜を長み　〔「俳句全作品季題別總覽」と異同〕
沙原の風吹き止まず朝の月　〔「俳句全作品季題別總覽」と異同〕

九月十九日　土
午過、ひるね。午後、至文堂の原稿を始む。夕、大法輪の編輯者來。夜、全輯百間隨筆の表紙及び扉の字を書いた。

九月二十日　日

午後、至文堂の續稿。夕方、大井來。

九月二十一日　月

午後、至文堂續稿「入道雲」十一枚。ち江に届けさす。後で中國民報の「一人一文」原稿三枚書いた。

九月二十二日　火

午後、佐藤春夫氏訪問。留守に平野來りし由。

九月二十三日　水

午後、時事新報に打合せに行く。夜九時過、床中にて眠りかけた時、動悸起こりびつくりしたが、ぢきなほつた。

九月二十四日　木

午後、村山來。夕、版畫莊小林來。共に玄關にてすます。

夕、大井來。唐助來。一緒に夕飯。

九月二十五日　金

午前から兩日來書きかけてゐる大法輪の原稿を續けたが捗らず。午過、一寸ひるね。夕食前、動悸騒ぎ以來初めて行水を使ふ。

九月二十六日　土

大法輪の續稿。
九月二十七日　日
大法輪續稿。午後、十六枚にて漸く終る。「百鬼園漫筆」三題。
午後、唐助來。待たしておく。原稿すんでからその後大法輪山下原稿を取りに來た。待たせて讀み返し終る。
九月二十八日　月
午前、內山來。午、唐助來。午後、報知新聞社來。夕、三笠書房使來。ひる前より三笠書房の「ペン」の原稿書き始む。夕、金矢來、夕食。
九月二十九日　火
朝、大法輪稿料持つて來た。午、唐助來。午後、ペンの續稿終る。「塔の雀」。夕、村山來。
九月三十日　水
午、內山來。
午後、時事新報の隨筆一回石油洋燈だけ書いた。動悸一囘、すぐなほつた。時事に行き、百五十圓借りて來た。
夕、唐助來。夕飯。明月也。唐助の歸る時、みんな一緒に合羽坂に出てお月見をした後で、こひと谷町の方を步いた。白い波雲の間から月が雲のない空に渡つて名月らしく輝やいた。

十月一日　木
夜中三時三十五分、睡眠中に發作起こる。びつくりしたが、二十分でをさまつた。午前、至文堂、同盟通信來。午後、谷中來。待たしておいて時事新報第二回賣り喰ひ六枚書いた（以前書きかけた玄關盃をつづけて改題）。谷中と食事中、栗村、木村來。一緒に夕食。間に、內山版畫莊の歸り來、すぐ歸る。
十月二日　金
午前二時十五分また睡眠中に發作。ぢきになほつた。少しぼんやりしてゐるので午後一時半許りひるねした。唐助來。靴をあつらへてやつた。無爲。
十月三日　土
颱風來ると云つて二三日前から騷いでゐたが、到頭來なかつた。尤も午頃一寸大雨あり。
朝、時事の第三回「宛名」三枚書いた。大雨中、時事にとどけた。
一先づ約束の原稿すんだ。これから時事の小說にかかる。
十月四日　日
午後、佐藤春夫氏を訪ふ。歸りて一寸ひるね。夕、唐助來。無爲。秋晴れなり。

十月五日　月

午、小林さんに行き診察を受く。二三日來氣持が惡い樣に思つたからである。尿は殆ど異狀なし。血圧は一六二也。午後、唐助來。夕、內山來。御飯を食つた。無爲。うす寒し。

十月六日　火

無爲。午後、版畫莊平井來。夕、唐助來。後から一ぜん御飯を食つた。夕食の席にて輕き動悸三回。

十月七日　水

色色用事迫つて居り忙しいのに今日も無爲也。

午後、小發作一回。

夜、一眠りしたところへ清水淸兵衞奉天より來。又起き出して暫らく話した。

十月八日　木

九月十日頃の動悸以來、一度行水をつかつたきりであつたが、今日久しぶりに下の新しい錢湯に行つた。

夕、內山來。夕食。

大井の漱石讀本の原稿六百枚を讀み始む。

十月九日　金

午後より漱石讀本の原稿を讀んだが、捗らず。夕、大井來。夕食。午、唐助來。うなぎ飯を食つた。

十月十日　土
午前、唐助來。午過、大井來。
漱石讀本の序を書いた。讀本の原稿讀む。坊ちやんだけすむ。竹內來、大井と會ひ、印税二百五十圓の內、百圓渡してくれた。あと百五十圓は、大井三笠書房に行きて振替證書にて受取り歸り來る。一緒に夕飯。
十月十一日　日
午睡。夕方から時事新報の仕事にかかる。題を決めた。「居候匇々」。作家の言葉を書いた。第一回を少し書いた。夕、內山來。夕食。唐助來。
十月十二日　月
午後、時事の第一回を續けて第一回だけ書き終つた。
時事に行き、題と作者の言葉を渡し、又百五十圓借りた。
夕食に唐助來。
十月十三日　火
午後、尾久の田中雅麿を訪ひ、百圓與へて證書を取り返した。昭和四年の證書にて記載額四百十二圓、內八十五圓餘拂つてあつた由。久吉が憤慨してゐた田中これにて片ついた。歸りに金子に寄り、延引の挨拶をした。夜、內山來。森田たま來。
十月十四日　水
午後、二三ケ月ぶりに散髪に行き、二十年振りぐらゐに五分刈りにした。さつぱりしていい氣持也。但し一寸刈つて見たのであつて、ずつとかうするつもりではない。
小西來。無爲。
十月十五日　木
無爲。奥脇、谷中來。唐助來。先日あつらへた靴を與ふ。內山來。一同と夕食。昔の法政の獨逸語會當時の田口、今の助川大尉早稲田ホテル以來初めて來、玄關迄。
十月十六日　金
午後、東日に行き、辻に會ひ、いつぞやの前借の七十圓の上に更に六十圓借りた。
十月十七日　土
午後、鶯の今村久兵衛老來。無爲。夜、こひとおたまさん訪問。
十月十八日　日
午後、田園調布の版畫莊平井氏を初めて訪ねた。二百圓出して貰ふやうに頼んだ。
無爲。東日サンデー毎日の原稿氣にかかる。
十月十九日　月
午後、唐助來。
夕、內山來。昨日、平井に頼んだ二百圓持つて來た。內、八十圓內山に與ふ。無爲。原稿氣にかかる。
十月二十日　火
無爲。夜、內山來。

十月二十一日　水
無爲也。こまる。夕、れい子ちやん松茸を持つて來てくれた。
夕、石川裕來。今日はお精進にて、その食膳に招待す。
十月二十二日　木
無爲。午過、一寸ひるね。
午後、東日に寄りて、辻に會ひ、版畫莊に寄りて築地のさくまの昔の海軍機關學校文官教授の會に行く。るすに東日の使及び黑須さそひに來りし由。
　　席上　　秋風を障子に切りて河豚の膳
十月二十三日　金
無爲。午後、唐助來。
十月二十四日　土
仕事出來ず。晩六時からの法政の茅野氏がやめる送別會に四時過から出かけた。二次會に日本橋の待合に行き、茅野氏を送り、二時頃歸つた。
十月二十五日　日
無爲。午後三時頃までねる。夕、谷中來。唐助も來り。すき燒。
十月二十六日　月
今日、やつと少し書いた。しかしまだ本氣になれぬ。
十月二十七日　火

午後、東日に行き、時事に行き、何れも原稿遲延につき、諒解をもとめた。版畫莊に寄りて歸る。
大井來て待つてゐた。夕食。
十月二十八日　水
午後、續稿少し。
續稿。
十月二十九日　木
ひる前、唐助、村山、大法輪記者來。
夕、谷中來。夕飯。時事の插畫の相談。
十月三十日　金
ひるから續稿。
夕に至り、やつと終つた。哈叭道人夜話三十五枚。これで二旬來の負擔を片づけた。夕、大井來。唐助來。食膳にて語る。しかし兩者とも御飯すみ也。
十月三十一日　土
朝、哈叭道人夜話を讀み直した。午、東日の使に渡す。午、谷中來。午後、谷中と時事に行き、日日に廻る。谷中と歸る。谷中後から來た。唐助と夕食。

十一月一日　日

午後、羽田飛行場の學生航空競技會へ行き、夕歸る。

十一月二日　月

午前、三笠書房の使來る。漱石讀本の校正刷を閲覽。午後、時事新報に行き、百五十圓前借と谷中の五十圓前借とを受取り來る。日本橋の土居の事務所に寄り、森田七郎氏の事を賴む。歸りに一寸家に寄りて金をおいて、中野の森田氏方へ行く。夕、谷中、唐助一緒に御飯。その席に黑須、大井來る。

十一月三日　火

朝、强い地震にて目を覺ます。六時より大分前なり。玄關の鮒の水鉢の水あふれんとす。無爲。午後、先月八日以來風呂に行く。中央公論新年號の小說の腹案成らんとす。

十一月四日　水

今日午後、又風呂に行つた。

午後、三笠書房漱石讀本の跋（卷末附記）を書いた。夕、大井來。谷中來。一緒に夕食。夜、都の記者來る。

十一月五日　木
午後、漱石讀本の校正を讀んだ。

時事の原稿を早く書かなければならぬのに、まだ手をつけぬ。

夕、大井來。夕食。

十一月六日　金
午、谷中來。

午後、樂浪書院篠田、三笠書房竹內來。今日より時事を書かうと思ふ。第一回だけ出來た。

夜、唐助來。

十一月七日　土
午、谷中來。改造の使來。

午後、村山來。改造俳句研究來、原稿をことわる。

時事第一回を谷中に時事へ持つて行つて貰ふ。谷中、午後再來。

時事の第二回書いた。

十一月八日　日
午、平野來。支那そばを食つて歸る。午後、唐助來。數年前の大病のお禮詣りにこひと榎町のお釋迦樣へ行つた。歸つて來て夕食。

朝より午後にかけて都新聞一回使に渡す。午後、時事一回。

十一月九日　月

朝、森田七郎氏來。土居に紹介の名刺を書く。午後、竹内來。森田氏、また歸りに來。土居の話、好都合らしい。夕、金矢來。夕食。

午、唐助。一日非常に忙しかつた。漱石讀本の校閲のため也。

十一月十日　火

午前、ち江を時事新報に使にやる。

午後、稻葉來。玄關ですます。

夜、大井來。

唐助、午より夕方まで都の使に行くのを待つてゐて使に行き、稿料を貰つて來た。

朝から午後、讀本校閲「それから」迄にてあきらめた。午後、都の第二囘を書いた。

十一月十一日　水

午後、講談社來る。

午後、秀英舍の改造出張校正員に原稿遲延のことわりに行く。

夕、谷中來。

十一月十二日　木

午後、谷中來。午後、改造社より使二度來。ひる前より夕方迄にて改造の原稿十五枚書いた。その後、時事の原稿書いた。

夕、村山來。夜、版畫莊平井來。

十一月十三日　金

午後、都新聞來。谷中來。內山來。ち江を改造へやる。夕方、大井、唐助來。こひ、ち江を米川の會にやる。留守中家をあけて大井、唐助とフレーデルマウスに行き、三鞭酒をのんだ。その歸りに大井の案內にて、いはこしのぶに寄り御飯を食つた。

十一月十四日　土

ひる前、都新聞原稿取りに使來る。

午後、ち江を都へ稿料受取にやる。夕方、谷中來。

十一月十五日　日

午後、谷中來。

原稿を書いた後、谷中と床屋戸谷へ行く。留守に森田七郎さん來て待つてゐた。夕、多田、伸六さん來。九時半頃みんな銀座へ出かけた。但、谷中先に歸つてゐた。

十一月十六日　月

ひる前、唐助來。

午過、谷中來。

午後、內山來。

谷中、時事へ原稿を持つて歸つて貰ふ。ち江を同盟通信へやる。午後、文藝通信女記者來。

十一月十七日　火

午後、谷中來。

ち江を時事と同盟通信へ使にやる。午後、時事へ行く。るすに大井來。待つてゐた。唐助來。

十一月十八日　水

午後、谷中來。一度出て、また歸る。夜、森田たまさん來。

十一月十九日　木

午後、谷中來。谷中時事に行き、夕方歸來。夕食。唐助來。村山來。講談社使來。

十一月二十日　金

午後、谷中來。待たせて時事に行き、百五十圓受取る。歸りに銀座の裏、此間伸六さんと行つた茶房にて朝日麥酒半打を買つて來た。夕、唐助來。夜、マントを持つて來た。こひ、姉さん、おせつさん午後、一寸來。

十一月二十一日　土

午後、こひのお父さんとお母さんの十七、十三回忌にて、東福寺へ行く。時事書かず。午後、改造記者來。內山來。谷中來。

十一月二十二日　日

午前、松村三郎來。玄關にて會ふ。午後、松村印刷。時事一回。夕方、大井來。夕食。夜、出〔出隆〕來る。

十一月二十三日　月

午後、三笠書房、漱石讀本を十册屆けて來た。谷中來。唐助來。松村印刷屋來。夕食前、時事一回。

夜、菊仲三味線、今井箏の松竹梅をききに質やの横町に出たが失望した。

十一月二十四日　火

午後、時事一回。午後、谷中來。夕、朝日新聞階上の鳥類研究所へ行く。玄關にて大井と落ち合ふ。歸りに大井と一杯のんだ。

十一月二十五日　水

午後、谷中來。午後、唐助來。時事一回。夕、大井來。夕食。夜、出〔出隆〕來る。

十一月二十六日　木

今曉、輕度の動悸あり。すぐなほつたが、その爲ぐつたりして今日は、正午に目をさました。そこへ午後、內山來。何もせぬ內に夕方となる。谷中來。明日の時事を心配してゐたら、今日は休載だつたので安心した。金矢來。後から唐助來。

十一月二十七日　金

午後、改造文藝の記者來り。寫眞班を伴ひて書齋に坐つてゐる寫眞をとつた。版畫莊平井來る。時事休みにつき書かぬ。

寢る前、朝日科學頁の「掌中の虎」一枚を書いた。

十一月二十八日　土

午後、內山來。講談社使來。今村來。伸六さん來。黑須さん來。金矢、菊島來。金矢、菊島、伸六さんと夕食。後でみんなで銀座に出た。

十一月二十九日　日

午後、谷中來。

多田來。玄關にて待つて貰ふ。村山來。大橋古日初めて來。夕飯。何ケ月ぶりかに箏を彈いた。

十一月三十日　月

午起。午過、谷中來。午後、唐助來。雄辯記者來。時事一囘。夕、大井來。夕飯。夜、改造記者來。佐藤源一郎妹、色色おみやげを持つて來、玄關迄。

十二月一日　火

午後より雄辯の原稿「虎」六枚書き始めてすぐ終る。但、使待つてゐた。その前から谷中來てゐた。

夕、栗村、木村來。夕飯。谷中、栗村、木村、後から唐助一寸來。午後、今村にはこ持つて來た。ねる前、伸六さん友人をつれて來る。

十二月二日　水

昨夜よりねられなかつた。

午後、時事一回書いて約束の岡山佐藤源一郎を待たうとする間に、今村、文藝通信の葛卷、森田七郎さん、おたまさん來。唐助來。

源さんを待たして、時事を書き終り、天然自笑軒に行き、東京驛まで送る。

十二月三日　木

午過、谷中來。夕方までゐて夕食。

文藝の「北溟」四枚書いた。

午後、唐助來。夜、出〔出隆〕來。雄辯の日野來。先日の「虎」が締切に遲れたから來月に廻すと云ふので取り返した。

十二月四日　金

午過、谷中來。唐助來。文藝通信葛卷來。

夜、版畫莊の招待にて神樂坂田原やへ行く。

午後、時事の外に文藝通信の「白濱會」をかいた。

（以下餘白）

昭和十二年〔文藝手帖〕

一月一日　金
昨日夕方より鶯啼き始め、今日も啼いた。未だ節定まらず。春王と名づけようかと考へてゐる。
午后、田中力夫妻、子供を連れて來る。玄關にて歸る。夕、大森、吐天來る。
一月二日　土
鶯は續いて啼いてゐる。本啼きになるのであらう。今年のお正月は人が來やしないかと用心してゐたが、いい工合に今日はだれも來なかつた。
夕方、唐助來り。牛肉を食つた。
一月三日　日
何人も來らず。無爲のお正月。
一月四日　月
午、村山來。
東朝原稿「初東風」一枚半書いた。

宮城の原稿をなほしたり、樂浪書院の推薦文を書いたり仕事初め。

夕方、內藤吐天來。

一月五日　火

報知新聞に出た迎賓の辭外二回の切拔をなほしたり、宮城の原稿をなほしたりして一日つぶれた。

一月六日　水

無爲。

一月七日　木

午後、東日山口來。夕方から、ホームライフ原稿「酒光漫筆」書きかけた。

午、唐助來。夜歸來り、一盃して歸る。

一月八日　金

午後、東日ホームライフの續稿終る。十枚也。それを屆けて土居事務所に行く。赤坂淸丸、新橋分とんぼに御馳走してくれた。歸つて寐たら二時也。るすに谷中來。

一月九日　土

午后、東日に行き、昨日屆けた酒光漫筆の稿料を受取り、歸りに森田七郎氏の土居事務所の勤務の件につき森田氏を訪ふ。歸りて谷中と會食。唐助待つてゐてすぐに歸つた。

一月十日　日

夜明三時半頃動悸。眠れば又再發す。午後、暫らく振りに佐藤春夫氏を訪ふ。夕、唐助來。夕食を食つた。

一月十一日　月

午後、東日の讀書頁の原稿「書物の顔」四枚書いた。東日より稿料を持つて取りに來た。

夕、大森桐明來。佐藤春夫のさびしをりの件なり。

一月十二日　火

今曉一時過、睡眠中動悸。ぢきになほつたが、後が眠れなかつた。

午後、土居事務所に先日の禮に行つた。土居は居ないが森田七郎氏と話してゐる内に石川正義來。十何年ぶりで會つた。歸つたら、大森桐明待つてゐた。その話の結果佐藤春夫氏を訪ひて歸る。

一月十三日　水

午後、唐助來。るすに内山來りし由。朝日新聞に行き、津村に會ひて插繪に谷中をたのむ。その他色色相談。航空部に寄り、中野と會ひ、自動車にて送らる。その自動車に唐助をのせて稿料を受取りにやつた。

一月十四日　木

午後、椅子にて午睡。今年になつて初めて風呂に行つた。夕、唐助來て夕食して歸る。

一月十五日　金

午後、谷中來。大井來。夕、栗村、木村來。みんな夕食。但、栗村、木村は早く歸つた。

一月十六日　土

朝、講談社雄辯の日野來。午後、森田七郎氏の事にて土居事務所に行つた。夕、唐助來。動悸暫らくしてなほつた。大橋古日、コノハヅクの診察に來てくれた。ヅクはもう五六日病氣にて餌を食はぬ。私に馴れてゐるので心配限りなし。
一月十七日　日
午、唐助來。午後、新宿きくやの東炎の座談會に行く。席上、動悸起こる。その內なほつたが、昨日と連續してゐるので憂鬱なり。歸つて見るにヅクいよいよ容態わるし。もうこの二三日每朝死んでゐやしないかと心配してゐる。留守に伸六さんと黑須氏來りし由。
一月十八日　月
朝五時、睡眠中にまた發作。但し輕くてすんだ。
午後、手紙、はがきを書いた外、ヅクが氣にかかり一日何事も手につかず、夜に至りてますます弱つて來た。もう助からぬと思つた。夜中に死んだ。
一月十九日　火
午後、唐助來。
大井誘ひに來てくれて、一緒に銀座の銀茶寮へ行き、茅野正吉氏の招待を受け、それから新田川に行き、藝妓を呼んで又飲んだ。八年ぶりぐらゐにお梅さん（お文さん）に會つた。
一月二十日　水
朝、動悸起こる。間もなくなほつた。雪後霽る。午後三時前まで起きたり寢たりしてゐた。
夕、黑須來。初めて家で一緒に夕飯を食つた。
一月二十一日　木
今曉二時半、又動悸。三十分許りにてなほつた。

午後、去年書きかけた雄辯の原稿「上京」を續稿。
夕食に唐助來。高等學校受驗の件につき東京高等を受けては如何と云ふ話をした。
一月二十二日　金
午後、第五回と第六回配本の編纂をした。唐助來。こひ、ち江、唐助を伴ひ日比谷公會堂にエルマンを聞きに行つた。向うで黑須氏と一緒になつた。歸りはその五人連れで四谷見附三河屋に寄つた。
一月二十三日　土
午後、講談社雄辯の日野來。內山第四回配本の原稿照合に來。村山來。夕、東炎の應募隨筆の選をした。夜、放送局の吉川、高橋來。二月六日夜、百鬼園先生言行錄の一部を放送する由。夜、唐助來。
一月二十四日　日
午後、內藤吐天來。
午後より夜にかけて、夕飯前に雄辯の「上京」十四枚書き終る。夜、雄辯の日野來りて持ち歸る。
一月二十五日　月
午後、谷中來。一たん出なほして夕方にもう一度來て唐助と三人で夕食。
夕、唐助來。
夜、雄辯日野稿料を持つて來てくれた。去年以來の內山のライネケの原稿を讀み始めた。捗らず。
一月二十六日　火

午後、大森桐明來。

夜、清水清兵衞奉天より來。唐助來。ライネケ原稿なほし。

一月二十七日　水
午後、中央公論松下來。佐藤春夫氏の使平井來。

雜誌「雜記帖」の女記者來。

ライネケ捗らず。

一月二十八日　木
ライネケ捗らず。

午後、唐助來。徵兵撿査の事で岡山の佐藤源一郎に電報で戶籍抄本の事を賴んでやつたらすぐに飛行便で送つたとの返電が來た。版畫莊平井來。夕、大井來。夕飯。

一月二十九日　金
午後、散髮に行く。

午後、唐助來。浦和高等學校と東京高校とに手續して來て夕飯を食つて歸つた。

ライネケ捗らず。

一月三十日　土
午後、唐助來。

內山來。村山來。

ライネケせず。

一月三十一日　日

朝、村山來。午、谷中來。午後、佐藤春夫氏を訪ふた。夕、大井來。夕食。ライネケせず。

二月一日　月

午、迎への自動車にて日本興業倶樂部へ行き、午餐の談話會にて話をした。

午後、櫻澤來。夕、栗村來。木村來。後から中野來。飛行機の連中ばかり四人集まつた。皆と夕食。

二月二日　火

手紙を書いただけにて無爲。

夕、唐助來。夕飯。

二月三日　水

新舞鶴の海軍機關學校に行く約束をしてゐたが、昨夜電報にて五日に來てくれと云つて來たけれど、五日には行かれぬ。旅費その他の調達の爲朝日の中野、東日の辻等に頼んだが、すぐにはまとまらぬ。つかれて歸る。夕、唐助飯。」

最初に朝日で小説の事にて津村に會つた。

二月四日　木

午後、又東日へ行く。小山書店へ廻る。主人るす。歸つて來てライネケ。夕、唐助來。

二月五日　金
朝、村山來。內山來。小山書店の小山來。五十圓持つて來てくれた。午後、勸業銀行の菊島を訪ねて百圓借りたおかげで新舞鶴へ行かれる事になつた。文藝春秋社に寄り、版畫莊に廻り、東京驛へ寄つて歸つた。大井來て待つてゐた。唐助來。一緒に御飯。
二月六日　土
ひる前、內山來。
午、唐助來。小林さんに行かせる。夕食して歸る。夜、全輯第五回配本（第五卷）の編纂半分迄した。十一時就寢。明日早いのに遲くなりすぎた。
二月七日　日
朝五時半から起きて支度した。唐助を連れて九時の一一列車にて新舞鶴へ行く。水交社にとまる。早野教授、驛まで出迎へてくれた。日高中佐、副官と水交社にて會ふ。
二月八日　月
朝、迎への自動車にて海軍機關學校へ行く。校長の分隊點撿を見學す。十時過までゐて十時四十五分の汽車にて歸る。生山教授見送つてくれた。京都にて乘換へ展望車にて歸る。
二月九日　火
朝遲く起きた。片づけ。午後、新聞の新聞記者來。夕、黑須氏來。夕食。
二月十日　水
朝遲く起きた。唐助來。野田淺雄來。夕、大井來。夕食せずして歸つた。少し風をひいたらしい。

夕食前、三十七度五分なり。
二月十一日　木
風邪氣味なり。
二月十二日　金
床中。熱あり。
午過、村山玄關迄來。
二月十三日　土
熱あり。喘息起こる。床中。夜、餘り苦しいので小林博士に來て貰つた。注射と頓服。
二月十四日　日
朝五時、漸く横になる。
床中。
夕、大井來。夜、清水清兵衞來。
二月十五日　月
少しらく也。終日床中。
午後、もとの早稲田ホテルのおかみさん來。夜、栗村來。何れも會はず。今日の面會日に來さうな所へはあらかじめはがきで謝つておいた。
二月十六日　火
まだ少し熱が殘つてゐるらしいが、大躰よくなつたやうだから起きた。午后、小林博士へ行く。

血圧上りて一八〇也。小林さんに計つて貰つて以來最初の數字なり。藥を貰つて來た。
二月十七日　水
午後、唐助來。夕方一たん歸つて又出なほして來。谷中來。すぐに歸る。
夕、大井來。清水來。唐助を加へて夕食。三鞭をのむ。醉拂つて二時にねた。
二月十八日　木
からだの工合わるく午起。
夕方、唐助來。すぐ歸る。
二月十九日　金
午、村山來。
無爲。
二月二十日　土
手紙、はがき十數通書いた。
午後、小林さんに行つたが、留守であつた。夕、內山來。
夜、出隆來。
二月二十一日　日
ひる前、小林さんへ行く。腎臟の方は惡くなさゝうだが、血圧はこの間よりも又上がつて一八五になつた。躰重十九貫七百五十。
夕、唐助來。夕食。夜、大橋古日來。同席。夜、村山玄關迄來。

二月二十二日　月

無爲。ひるね。

午後、散髮。

二月二十三日　火

六十圓金策の爲、午後中央公論に行き、雨宮に會ふ。だめ。佐藤春夫氏に廻つて十圓と松屋の商品切手五十圓借りた。歸りに小山書店に寄る。夕、歸る。唐助來てゐた。御飯を食べずに歸つた。八時半就眠。一二度起きたけれど又すぐに眠り、朝十時半に目がさめた。十時間十二時間眠る事は珍らしくないが、十四時間は自分乍ら驚いた。

二月二十四日　水

午後、小林さんへ行く。るすだつた。勸業銀行菊島に新舞鶴へ行く時借りた百圓の內、半分は歸つてからすぐ返しておいたが、その後の半分を返した。版畫莊に廻り、二十六日中に二百五十圓くれるやうに賴んでおいた。印稅計算書を渡した。夕、こひと帝國ホテルの米川文子の双調會へ行つた。出がけに平野來。一緒に途中まで同道して別れた。

二月二十五日　木

午前二時十五分前、菊島、金矢、北村、濱地醉つ拂つてやつて來たが、こひに玄關でことわらした。午後、小林さんへ行く。躰重血圧もとのままなり。

二月二十六日　金

歸つてから、全輯第五回配本（第五巻）の新稿の後半の整理を終つた。寢る前に一寸新稿の校正。

午後、唐助來。すぐ歸る。內山來。版畫莊のお金百五十圓持つて來た。新稿の後半を渡した。佐藤春夫氏を訪ひ、先日の六十圓返した。大井來、唐助來。一緒に夕飯。
夜、寐られなかつたので俳句を作つた。

二月二十七日　土
午、稻葉來。
午後、淸水谷公園皆香園の文壇俳句會に行き、夜十一時頃歸る。
留守に谷中來。十圓渡した。唐助來。

二月二十八日　日
ひる前、小林さん。躰重十九貫七百にて五十へつてゐる。血圧一八〇にて五減。午後、歸つたら、父の友人神戶の吉田金太郎氏の夫人と息子の信君とが待つてゐた。
唐助來。夕、市ケ谷加賀町の吉田信君の家に答禮。るすであつた。夕飯の酒で苦しかつた。午後、今村來。鶯を預けた。

三月一日　月
午後、多田來、太田來、報知山本來。谷中、木村、栗村に多田と四人にて夕食。
三月二日　火
午後から婦人公論の原稿書き始む。夕、唐助來。夕食。
夜、食事中、村山來。取次ぎにてすました。
三月三日　水
婦人公論の續稿十五枚。夜までかかつて終る。「女子の饒舌に就いて」。
三月四日　木
午後、小林へ行く。血圧はもとの通り百八十。躰重は少しへりて十九貫六百十五。歸りに近くの石川正義を訪ひ、唐助の限定相續、著書の登錄費の事を相談した。唐助來てゐた。夕、仲六さん來。夕飯。午后こひを中央公論に稿料受取に行かした。
三月五日　金
朝、內山來、村山來。
全輯第五回配本（第五卷）新稿の校正捗らず。

午後、唐助來。版畫荘へ使にやる。大井來。唐助、大井と夕食。
夕、村山來。
三月六日　土
午後、中公松下來。唐助來。
版畫荘へ行く。歸りに村山、內藤に寄る。どちらもるす。
夕、木村和一郎來。唐助と三人夕飯。

MEMO

二月二十六日夜
大江の黑く流るゝや春の月
裏川の水鳴り止まず春の宵
大江の水鳴り止まず春の月　〔「俳句全作品季題別總覽」と異同〕
春月や川洲の砂の宵光り
町中の林鳴り居り春の宵　〔「俳句全作品季題別總覽」と異同〕
蝶々の內濠を越ゆる日向哉　〔「俳句全作品季題別總覽」と異同〕
藪の中に猫あまた居たり春暮ゝる

二月二十七日席上
鶯の啼き渡る村々の曇り哉
鶯や裏川の瀨の高鳴れる

この沼の魚に耳あり春の水
遠山の峯曇り居る菫哉
大谷の底に村ある麗かに　〔「俳句全作品季題別總覽」と異同〕
麗かや石橋に乾く水のあと　〔「俳句全作品季題別總覽」と異同〕

三月七日　日
午前、小林さんへ行く。躰重十九貫五百五十、血圧百七十。どちらも少し下がつた。尿にも糖、蛋白の反應なし。家まで歩いて歸つた。

校正。

夜、村山來。

三月八日　月
終日校正。

午後、キング記者來。原稿の注文ことわる。小山書店の小山來。居候匇々は小山から出す事になつた。夕、唐助來。九十圓やつた。

夜も食後少し校正。

三月九日　火
終日校正。

居候匇々の出版の事で呼んでおいた谷中夕方來。夕食。

夜、宮城の原稿をなほす。

三月十日　水

朝、內山、ダイヤモンドの記者來。どちらも玄關。小林さんへ行く。躰重十九貫四百二十、血圧百七十五。歸りに佐藤春夫氏に寄りて十圓借りた。その歸りに榎町の大日本印刷に寄りて中央公論の出張校正の雨宮に原稿十二日迄待つて貰ふやう頼んだ。歸つて校正。夜、校正。

三月十一日　木

昨夜からの校正午前三時迄。おかゆを食つて四時にねて午後一時目をさました。校正のこり一綴。これで全輯五巻新稿の校正全部すんだ。

夕、大井來。夕食。

三月十二日　金

朝、內山來。村山來。

午後より中央公論の原稿にかかる。中中書けない。夕方迄に少し書いたのは止めて、夜更めて書き始む。比叡山。三時迄に約半分十二三枚書いた。

三月十三日　土

朝四時にねて、暫らくすると動悸にて起きた。暫らく振り也。過勞の爲ならん。朝九時半起き。午後一時過迄に二十六枚書き終つた。比叡山の題をやめて、「二錢」又は「二錢紀」としようと思つてゐる。

夜、ライネケ校訂少し。つかれたから寢る。

三月十四日　日

午、小林さん。躰重十九貫五百二十。血圧一七〇。歸りに佐藤春夫氏に廻り、先日の十圓を返した。夕、唐助來。夕食。

ライネケの原稿讀み終つた。

三月十五日　月

午後、海軍機關學校の原稿を書きかけた。夕、栗村、谷中、木村、出〔出隆〕來。夜、小山書店の小山來。黑須夕方に寄つて夜又來。栗村、谷中、木村夕飯。出〔出隆〕少し酒をのんだ。

三月十六日　火

午、一寸ひるね。

午後、唐助來。內山來。夜、版畫莊平井、小林、內山來。

機關學校の原稿を續けた。夜半、一時半迄にて十四枚にてすんだ。題未定。

三月十七日　水

久吉の命日なれど、まだ近過ぎるから何もせぬ事にした。久吉の友達が集まりたいと云ふ事につき、それは唐助に私の公認せざるもぐりとして默認する事にし、二十一日の中日にこれを行はしむ。その時、お酒おすし等やるつもり也。今日はこひを使として金剛寺にお經料十圓ををさめて供養をたのんだ。」

朝、機校原稿讀み返し、「機關學校今昔」と題す。午後、東京驛に行き、中央郵便局から送つた。歸りに海軍グラフの發行所に寄り、それから佐藤春夫氏を訪ひて、版畫莊の全輯隨筆の件につき、相談して歸つた。

三月十八日　木

朝、版畫莊の件にて內山來。二三〇〇貫ひたいと云つて來た撿印を一三〇〇だけ渡す。村山來。午後、小山來。夕、大井來。夕食。

昨日も行く筈の日なのに小林さんに行かれず、今日も遲くなつて行かれなかつた。

三月十九日　金

午、小林さん。躰重十九貫六百。血圧百七十。歸りに石川正義を訪ふ。夕、東日高原來。夜、內山來。朝日の原稿を書く筈で到頭出來なかつた。

三月二十日　土

午から東京朝日の原稿二回書いた。こひに持つて行かせて、あと二回分と〆て四回の稿料受取つた。五十圓。唐助、浦和高校入學試驗を終つて來る。夕、金子冨三郎方へ行く。不在。夜、村山來。遲く菊島來。醉つ拂つてゐる。

三月二十一日　日

午後、唐助來。夕、金子冨三郎方へ行く。朝日の第三回を夜にかけて書いた。

三月二十二日　月

ひる前、小林さんへ行く。十九貫五百二十、血圧一七〇。こひを伴ひ診察を受けさせた。何でもない。

午後、歸つたら、中公松下、婦人公論淸水來て待つて居た。唐助も來てゐた。夕、村山來。校正のお禮二十圓渡す。風呂に行く。散髪。夕、唐助と夕食してゐるところへ大井、太田來。

三月二十三日　火
ひる前より朝日原稿第四回の書きかけたところへ內山來。後で續稿終る。「父執」。今日もまた風呂へ行く。
午後、こひと唐助とを久吉の一周忌の香典返しの紋紗の打合せの爲日本橋三越へ行かせる。唐助夕食。
三月二十四日　水
今日は無爲。
午後、唐助來。夕、使より歸つて夕飯。
夕、谷中來夕飯。
午後、また風呂へ行つた。
三月二十五日　木
午、小林さんへ行く。體重は又ふえて十九貫六百八十。血圧一七〇。但し一般によき樣なり。今後は六日に一回行く事になつた。今迄は三日に一回。歸つてから風呂。これで四日續いてゐる。夕、唐助飯を食はずに歸つた。今日は、一日ぢの工合大へんわるし。
三月二十六日　金
午後、風呂、五日目也。
無爲。
三月二十七日　土

ひる前より東日の原稿「一等旅行の辯」を書き始む。使を待たして天丼を供す。出〔出隆〕來る。風呂。夕、大井來たが歸つた。夕、唐助來。夕食。

三月二十八日　日

午、東日原稿第二回を書き、使に渡す。

昨夜、箏屋に絃を代へに持つて行かした箏を午届けて來た。半箏は昨日既に絃を代へた。又三味線を張り替へに出した。

午後、多田來。夕、櫻澤の迎へにて四谷三河屋の航研の會に行く。出る前、唐助來。昨より箏をひく。今日も風呂。夕、東日第三回。

三月二十九日　月

ひる前から東日原稿。今日、第四回まで終る。午後、使に渡す。一寸椅子の上でひるね。風呂に行く。箏練習。唐助來。夕食。

三月三十日　火

午、唐助來。午後、村山來。

午後、米川文子の所へ初めて箏のおさらへに行く。午後、東日讀書欄原稿を書きかけた。三枚。風呂に行かず。

三月三十一日　水

朝、こひの買つて來た國民新聞にて唐助の浦和入學試驗落第を知つた。午、唐助來。小林さんへ一緒につれて行つた。午後、小山來。夕、大井來。夕方から森田たまさんによばれて行く。今日も風呂に行かず。午前二時前歸る。唐助まで待つてゐた。留守中、御馳走してやつた續き也。

四月一日　木

昨夜の飲み過ぎとつかれにて氣分惡し。朝起きたら鼻血が出た。午過、小林さんへ行く。午後、谷中來。唐助來。小西來。夕、栗村と木村と來て夕食。食事中又鼻血が出た。今度は大分たくさん也。こんな事かつてなし。

四月二日　金

午後、三十日に書きかけた東日讀書欄の原稿を一枚少しかきたした。「著者の胸算用」。ち江に屆けさす。夕、唐助來。夕食。

午、內山來。夜、村山來。

四月三日　土

無爲。

午後も夜も箏をひいた。

四月四日　日

一日朝夜、二日晝、三日晝夜、四日朝と鼻血が出たので、小林さんに行つた。躰重十九貫五百十匁。血圧一八〇。藥をかへると云ふので後からち江に殘りの藥を持つて行かせた。

吐天來。
無爲。夕食後、夜又のぼせて顏がほてつた。
四月五日　月
昨夜、變にのぼせたので、ひる前こひを小林さんへやつて報告さした。
午後、大森來。內山來。
唐助來。夕食。午後と夕方、箏の練習。
四月六日　火
午後、散髮をして米川へ行き、千代の鶯のおさらへを始めた。夕方から工業倶樂部の六高出身者の操䑺會へ初めて出席した。
四月七日　水
ひる前、小林さんへ行く。軀重十九貫五百六十。血圧一七二。但し藥の所爲だらうと小林さんが云つてゐた。
歸りに暫らく振りに宮城に寄つた。誕生日だつたので、麥酒をよばれて歸つた。黑須來。後で一寸ひるね。夕、唐助來。金矢來。一緖に夕食。
四月八日　木
午過、中公松下來。午後、東日へ行き、高原から原稿の前借六十圓。それから勸業銀行に廻り菊島に會ふ。歸途米川に箏のおさらへ。米川正夫氏來てゐた。殘月と半雲井と平とを合はす練習を二段迄した。夕飯によばれた。歸つたら唐助來。御飯をたべなほす。

四月九日　金
午後、佐藤春夫氏を訪ふ。唐助の早稲田腰掛けの月謝の內、五十圓借りて來た。
夜、夕食後東朝航空部へ行き、神風號の倫敦著の報をきき、午前二時歸つた。午前より午后にかけて先月の中央公論に乘り遲れた原稿「二錢紀」の校正をした。
四月十日　土
ひる前、西大久保の夏目へ行く。今の家には初めて也。小宮さんに會ふ。仲六さんにも會つた。奧さんは風邪の氣味とかにて會へなかつた。
午后、宮城玄闓迄來る。白水社へ「獨逸語地獄」の事で行く。大井來。夕、宮城一家に誘はれて銀座松喜へ行く。こひ、ち江は地唄舞、うた澤振の會に行かせた。夜、歸つてから唐助來。
四月十一日　日
ひる前、箏屋絃〆めに來。村山來。午過、內山來。一寸うたたね。夕、唐助來。夕飯。今日は仕事せず。
四月十二日　月
朝、日本評論の下村來。一昨日夜、留守に來た。ひる前夏目へ行き、小宮さんに會ふ。又、十何年振りにて夏目の奧さんにも會つた。午後、歸つてから一寸ひるね。日本評論の原稿書きかけたら出〔出隆〕來る。一緒に夕食。
四月十三日　火
ひる前、小山來。日本評論下村來。讀賣梶原來。內山來。日本評論の原稿を書く。夕方より、出張校正をしてゐる共同印刷へ行つて續稿。夜十二時迄かかつた。「神風漫筆」十六枚。歸つて御飯を食つて寝たら二時。

四月十四日　水

朝、小林さんへ行く。躰重十九貫六百、血圧一六〇。但し藥の所爲の由。

夕、唐助來。伸六さん來。一緒に夕飯。

夜、大森桐明來。ことわる。

二月初めの新舞鶴機關學校へ行つた時の禮狀五通書いた。

四月十五日　木

朝、小山來。內山來。

午後、大森を訪ひ米川に行き、夕方より赤坂幸樂の岡山中學明治四十年卒業同窓會へ行つた。

四月十六日　金

午後、半月ぶりに風呂へ行く。唐助來。夕、大井來。一緒に夕食。

四月十七日　土

午過、一寸椅子でひるね。

終日「居候匆々」の校訂。夜十二時前迄かかつて終つた。

午後、唐助來。活動寫眞の試寫に行かせた。歸つて來て夕食。

午後、白水社寺村來。「獨逸語地獄」の件は不調。夕、小山來。

四月十八日　日

ひる前、大井來。雲雀の古い方のをやつた。午後から米川正夫を訪ふ爲、大井と同車にて米川文子をさそひ、西高井戸の米川に行き、ひるから夜迄琴をひいた。夕飯をよばれた。

四月十九日　月

午後、版畫莊へ行く。唐助來。晩歸る迄待ってゐた。その歸りに近所のバーロマンスへ寄り、いつも版畫莊で尋ねてくれてゐた中學迄の舊友難波久太郎を訪ひてビールをよばれた。難波にはこなひだの幸樂の會でも會つた時、來てくれと云つてゐたから寄つた。

四月二十日　火

ひる前、小林さんへ行く。十九貫七百十匁。血圧一七〇。午後、版畫莊へ行き、最後の印税八十三圓五十錢受取り、內山と近所の咖啡店にて話して歸る。歸途米川へ稽古。唐助待つてゐた。夕食。清水奉天より來。三人でフレーデルマウスに行き、三鞭二本。歸つてねたら三時。

四月二十一日　水

朝遲く起き、ひるね。夕、唐助來。伸六さん來。羊を食ふ。

四月二十二日　木

無爲。午後、米川。夜、唐助來。

四月二十三日　金

午後、風呂、散髪。

四月二十四日　土

唐助來てゐた。御飯食べずに歸つた。夕、大井來。一緒に夕食中、中野來。

無爲。

午後、唐助來。

谷中來。一緒に四谷見附三河屋へ行く。全輯百間隨筆完結につき、關係者、城、川上、村山、谷中、平井、小林、內山を招待した。唐助待つてゐた。

四月二十五日　日
無爲。家は大掃除。

午、谷中來。

夕、唐助來。夕食。

四月二十六日　月
無爲。

朝、小林さんへ行つたが留守だつた。

午后、唐助來。夕方迄ゐた。

午後、多田來。藪鶯をやる。

夕、小山來。

四月二十七日　火
この二三日來、唐助に持たせて歸らす十圓餘りの金が出來ないので何事も手につかぬ。

午後、唐助來。

東日へ行き、高原に會ひ、二十圓新興婦人から借りて貰ふやうに賴んだが、後から使にて結局だめだつた。神戸の吉田より鯛の濱燒來る。唐助それで夕食して歸る。

四月二十八日　水

ひる前、小林さん。十九貫五百五十、百六十五也。歸りに久しぶりに小田急に北村を訪ふ。二十圓借りて來た。佐藤春夫氏に廻りて歸る。

午後、唐助來。

婦人公論記者、旅の編輯者來。

四月二十九日　木

夏の中央公論の小說「靑炎抄」を書き始めたが、まだ捗らず。夕、唐助來。夕食。

四月三十日　金

續稿。まだ捗らず。午後、中公松下來。夕、唐助。

五月一日　土

續稿、捗らず。

朝、小山の使四十五圓持つて來た。

午過、大井來。玄關にてすませる。唐助來。夕、谷中來。夕食。

五月二日　日

續稿。捗らず。

午後、多田、ノジコかカハラヒワかの雛を一羽持つて來てくれた。

夕方より堀口大學氏に頼まれた時世粧の原稿俗臭五枚を書いた。夜、「旅」の原稿を書きかけた。

五月三日　月

續稿。今日は何も書けなかつた。

朝、「旅」の原稿「記念撮影」五枚終る。午過、椅子でひるね。考へて見ると連日さうしてゐる。

夕、唐助夕飯。そこへ出〔出隆〕來る。

五月四日　火

ひる前、小林さん。十九貫六百十、百七十。その他全躰にあまりよくない。

午後、ひるね。
米川へ行き、正夫君と會ひ、麥酒をのんで夜歸る。るすに大井、夕食して歸つた由。
唐助も來た由。

五月五日　水
原稿捗らず困る。
ひるね。
午後、唐助來。夕食。
夜、村山來。

五月六日　木
續稿。今日は稍捗る。十四枚になつた。題はつけないがぬぎすてた著物の一篇脫稿。夕、唐助。

五月七日　金
續稿十八枚だけ午後唐助に中央公論へ持つて行かせた。一枚五圓なれども今は四圓宛の計算にて受取る約束也。
午後、小山來。唐助來。
夕、大井來。夕食。

五月八日　土
無爲。

午後、風呂に行く。
二月二十八日今村に預けた鶯今日歸り來る。
MEMO
三日より五日迄に作つた（改造六月號の句稿）
遠雷に風走る池の日なた哉
雨雲や山畑は暗き蜜柑花〈雨雲の山畑を下りて蜜柑花〉
明け易き軒の雫の青き數々
五月雨の田も川もなく降り包み〔「俳句全作品季題別總覽」と異同〕
白ばえて岬の鼻に風もなし
五月九日　日
全く無爲。
夕、唐助夕食。以後、唐助の夕食は錄せず。
五月十日　月
續稿。捗らず。
お金に窮し黑須にたのむ。夕、手紙を唐助に持つて行かせたら承諾してくれた。夜、久しぶりの本格的動悸。但、間もなくなほつた。ねる前に東炎の原稿少少。
五月十一日　火
午後、黑須を訪ふ。百圓借りた。箏を彈いた。歸りに小田急の北村の二十圓返した。一寸家へ寄りて米川へ行き、正夫君と八段、殘月を合はす練習をした。その歸りに佐藤春夫氏を訪ひ、五十圓返した。るすに唐助來てゐた。
五月十二日　水
ひる前、小林さん。十九貫六百十五、一六〇。その歸りに鐵道省金矢を訪ひ星島二郎にやる全輯六冊を託す。
五月十三日　木
午後、無爲。唐助。
夜、食後撫箏。
青炎抄の續き中中書けぬ。
五月十四日　金
夕、十日に書きかけた東炎の原稿を續けて脫稿。八枚。題未定なり。題は「竹島」。
午後、竹島推敲。
青炎抄の續稿書けぬ。
五月十五日　土
午後、小田急北村、土居を訪ふ。谷中來てゐた。後より太田、多田、大井、栗村來。皆で夕食。
五月十六日　日
午後、多田を訪ひ、北村を呼んで貰ひ昨日の話の打合せ。居候匇々の續稿を書く間のお金の事也。多田のところにて夕食をよばれて歸る。

五月十七日　月

ひる前、京都の中島重來。一日うちにゐた。夕食して歸る。中島を待たして、午後、小田急北村、一寸歸つてすぐ本郷本町の茅野、それから自動車で井荻の多田を訪ふ。すべて錬金術の爲也。夜、村山來。原稿を渡す。

五月十八日　火

午後、小山來。

米川へ行き、夕食をよばれた。

夜、歸りに小山へ寄り、七月十日附の小切手百圓を受取つた。

るすに多田來た由。唐助來てゐた。

五月十九日　水

午、小田急北村、昨日の小切手を會社で金にかへてくれる事になつた。

午後、松下來。一緒に出て、東日と文藝春秋へ行く。文春は土居の弟の齒科の廣告の件也。勸業銀行に寄り、菊島に會つた。菊島が方方に御馳走してくれた。夜、遲くついてうち迄來た。

五月二十日　木

午過、小林さん。十九貫六百三十、百七十。小田急北村に寄り、昨日のお金を受取る。これで先週來のお金の件、一先づ片づいた。土居に寄りて、先日の十圓を返し、一旦歸つてから、九段精華女學校に行きて、葛原に會ふ。箏のおさらへの件につきての打合せ也。唐助來。夜、出〔出隆〕來。夜撫箏。

五月二十一日　金
　無爲。夕、唐助。
五月二十二日　土
午、谷中來。午後、小山來。夕、唐助。
夕方前から漸く「居候匆々」の續稿を始む。谷中夕食して歸る。
五月二十三日　日
　午後より昨日の續稿。捗らず。
午後、谷中來。夕食。夜、村山來。
五月二十四日　月
　續稿。捗らず。午、內山來。谷中來。夕、大井來。唐助來。谷中、大井、助、夕食。
五月二十五日　火
　午後、谷中來。
午後、米川へ行く。出かけたところへ、もとの大村書店の大村郡次郎來。外で暫らく話して別れた。
　夕、大井來、谷中、大井と夕食。夜、唐助。續稿。
五月二十六日　水
　續稿。
午後、谷中來。夕、小山來。夜、村山來。夕、唐助。谷中と夕食。

五月二十七日　木
續稿。
午、谷中來。唐助來。午後、月刊文章の記者來。夕、小山來。谷中夕食。
五月二十八日　金
午前、內山來。小山の使來。
午過、續稿。終る。これで「居候匇々」漸く本になる事になつた。
午後、小山へ行く。小山と佐藤春夫氏を訪ふて、歸りに散髮に廻つた。助〔唐助〕來てゐた。
五月二十九日　土
午後、唐助來。北村へ使にやる。
今日は、誕生日なり。唐助を加へて四人で祝ふ。夜、村山來。
五月三十日　日
朝、小林さんへ行つたが留守であつた。夕、上野精養軒の獨逸文學會懇親會へ行く。午過、奉天の清水清兵衞來。
連日、金のなきに苦しむ。
五月三十一日　月
朝、大阪ビル滿洲航空に淸水清兵衞を訪ひ、金を借りる事にした。歸りに勸業銀行に寄りて、菊島に會ふ。午後、內山來。夕、大井來。夕食。
唐〔唐助〕來。夜、淸兵衞玄關迄百二十圓持つて來てくれた。

六月一日　火

午前、小林さん。十九貫三百九十、百七十。午後、無爲。夕、栗村來。內山來。木村來。栗村、木村夕食。唐來。

六月二日　水

放飼にしてゐた子飼のかわらひわが、ひる前外に飛び出してそれきり迷つて歸らなくなった。それで一日落ちつかず。夕、大井來。中野來。一緒に夕食。夜、村山來。

六月三日　木

午後、米川。八段替手を習ひ始む。

京橋つたやへ木村毅君によばれて、大連より來た多田晃氏に會ひに行く。吉田庄さんの課長なり。歸りに銀座にてコクテール。留守に新青年、田中力改め平野力、唐來たりし由。

二三日前から書きかけてゐた岡山の藺の花の原稿「山屛風」脫稿。送る。

六月四日　金

ひる前、新青年來。談話をことわる。午後、東日高原來。唐來。

午後、福岡日日の一枚の原稿を書いた。

夜、菊島來。
六月五日　土
午前より午後にかけて日本新聞聯盟の原稿「禮拜」六枚を書いた。ち江に届けさして稿料を貰つた。但し、まだ半分書きのこしあり。明日書く豫定。夜、唐來。
六月六日　日
朝起きると、間もなく暫らく振りの動悸。約一時間續いた。それでぐつたりして一日無爲。午後、村山來。夕、唐來。
六月七日　月
朝、小林さん。十九貫六百、一七五。
午後、多田來。
午後、日本新聞聯盟の原稿「泥坊談義」四枚。
夕から陶陶亭の操麓會へ行つた。
六月八日　火
午後、米川。夜遲く歸る。助待つてゐた。
六月九日　水
朝遲く起き、午椅子でひるね。その後更めてひるね。夕飯後もすぐ寢た。少しかげん變なり。
六月十日　木
風〔風邪〕氣味なり。夕方は七度三四分熱があつた。中央公論の靑炎抄を暫らく振りに書き續けた。前の書き殘り三枚と合はせて十枚にして、それだけ稿料を貰つた。午後、米川へ行きかけたら、小山來。一緒に出た。夕、唐助。

六月十一日　金

無爲。

午後、動悸あり。一時間弱にてなほる。

今村、文鳥のひな二羽持つて來た。

夕方、一寸「唐磋」をさらへて貰ふ打合せの爲、宮城へ行つた。

六月十二日　土

午後と夜、青炎抄續稿。

夕、大井來。すしを持つて來てくれた。一寸酒をのんで歸つた。

夜、唐助來て一人で飯を食つた。

六月十三日　日

午後早くより米川へ行く。八段の替手を中途にして、雲井六段を習ひ始む。今月末の宮城の教場にて開く演奏會の爲也。るすに小山來。「居候匇々」の出來上つた見本を持つて來てくれた。

六月十四日　月

午後、小林さんへ行かうと思つたら動悸が起こつた。そのままこひをつれて行き、向うでなほる。歸りに宮城きよさんに唐磋をさらつてもらふ。今日で凡そ半分位行つた。歸りに佐藤春夫を訪ふ。るすす。それから土居事務所へ廻る。夕、唐。

六月十五日　火
ひる前、小山來。午後、靑炎抄續稿。奥脇來。待つてゐて貰つて、夕方、米川に行く。歸つて奥脇、大井、木村、栗村と夕飯。
唐來。るすに夏服をあつらへてやつた由。
六月十六日　水
ひる前、村山來。
午後、靑炎抄續稿。今日、四十三枚迄。ち江を中央公論社に持つて行かせて、宮城へ行き、唐礎のおさらへ。
谷中來てゐたが、すぐ歸つて貰ふ。唐來。
六月十七日　木
午過、吉田信君來。アユを持つて來てくれた。村山來。
散髪に行つて米川に廻る。それから神樂坂の法政航研ＯＢの會へ廻る。
六月十八日　金
手紙、はかき十枚書いたら氣持がわるくなつた。午後、佐藤春夫氏を訪ふ。
葛原齒《しげる》來。床屋戸谷へ頰白の子を貰ひに行く。大井來。さしこの目白を一羽やつた。唐來。
六月十九日　土
午後、米川へ行く。
六月二十日　日

東日の原稿書き始む。第一回螢狩脱稿。午後、高原來。その一回を渡した。夕、三河やの法政航研の會へ行く。席上動悸起こる。間もなくなほつた。歸つたら、唐助ゐた。歸つた後にて再發す。十時、なほらぬからこひをつれて小林さんへ行く。十二時前。三時半やつとなほる。五時間半續いた。今度の皮切りなり。夜が明けてから歸る。

六月二十一日　月

一日ふらふら。夕、唐來。麥酒をのんで少し元氣になつた。

六月二十二日　火

午過、小山書店へ行く。

歸つてから、勸業銀行菊島、小田急北村を訪ふ。明日小山がくれる事になつてゐる小切手を金にかへる相談也。但、金額は五十何圓位の豫定。

夜、唐來。居候匆々の寄贈本の署名。

六月二十三日　水

午後、日日の續稿第二回。睡魔を書き始む。中途にて宮城へ行く。唐砧のおさらへ終る。

夕、唐助。夜、桑原《さうげん》會第一回演奏會の招待の名宛を書く。

續稿、脱稿。

六月二十四日　木

午後、昨夜の睡魔の讀み返し。

米川へ行く。夜歸る。唐來。

六月二十五日　金
午後、暫らく振りに風呂。午後、小山二郎の紹介した中村武志來。村山來。夕、出〔出隆〕來。唐助來。夜寢る前に、日日の續稿。
六月二十六日　土
朝五時前に起きて、昨夜の續稿、脫稿。それから又ねる。その間に平野力來る。午後、宮城へ行き練習。夕、夏目伸六さん來。助來。
六月二十七日　日
朝早く起きて、東日續稿一回。
小林さんへ行く。十九貫四百、一六五。午後、助來。
午後、米川へ行く。
夕、大井來てゐた。夕食。助來。
六月二十八日　月
朝、東日續稿一回終る。
午後、松下來。宮城へ桑原會の練習に行き、夜遲く歸る。
六月二十九日　火
午後、東日へ行き、又原稿料の前借六十圓也。歸りに九段の精華女學校へ寄り、葛原と打合せて一旦歸りて葛原へ行き、唐碪を彈いた。その歸り、米川へ寄る。るすに唐來。
六月三十日　水

朝、青炎抄。ひるね。又青炎抄。助來る。夕、金矢來。歸つて貰ふ。宮城の桑原會ゲネラルプローベ〔ドイツ語で、総合稽古の意。本番直前の通し稽古、ゲネプロ〕に行く。十二時歸る。それから食事。二時過ぎてねる。

七月一日　木

朝、青炎抄。午前、宮城貞來。

午過、葛原來。一緒に宮ぎへ行き、練習。出がけに多田が來たが、殘して行く。歸つてから、又青炎抄。夕、米川へ行く。谷中來て待つてゐた。後から木村來。谷中、木村と夕食す。

七月二日　金

午後迄、青炎抄續稿。ち江に中央公論へ持たしてやる。唐助來。

夕方より宮城へ行く。桑原《さうげん》會第一回演奏會。唐碪、平調子。殘月、半雲井。六段、段變りをひいた。

七月三日　土

午後、宮城の古川とも一人來。宮城作曲の題名の事にて、その時一緒に來てゐた放送局の自動車で宮城へ行く。宮城で動悸起こる。すぐなほると思つて又その自動車で佐藤春夫氏へ廻つたが、なほらぬので歸つて來たらなほつた。又出かけて佐藤氏を訪ふ。歸つて見たら大井來てゐた。但し、すぐ歸つた。夜、大橋古日來。助來。

七月四日　日

午、小林さんへ行く。十九貫五百二十五、一六五。午後、無爲。助來。夜、無爲。
寢る前、動悸。八分にてなほる。
就眠後、午前一時二十分又發作。一時間續いた。なほつた後、ぐつたりしてすぐには寢られなかつた。
七月五日　月
岡山の眞さんより、箏を送つてくれた。東京にて初めて自分の箏を所有す。
午後、村山來。夜、大井來。
昨夜の今日にて終日ぢつとしたまま何も手につかず。昨日今日非常にあつし。
七月六日　火
午後、大井來。鶴川琴屋に昨日の本間《けん》の箏を枕絲の改造と絃を新しくつけさせる爲に持つて行かす。
非常にあつし。三十四度。大井と夕食。唐助來。
七月七日　水
あつし。午後、村山に東炎原稿、桑原會自讃を口述す。その終り頃、動悸起こる。午後四時半中止してなほさうとしたが、中中なほらなかつたけれど、六時にやつとをさまつた。
七月八日　木
午後、米川と矢來の森田たまさんとを訪ふ。夕、村山來。昨日の口述の續き終る。夕、唐來。夕食中一寸動悸二三分にてなほつた。朝、六日に鶴川琴屋にやつた長磯を新らしい絲をかけて持つて來た。枕絲のところはそのままにする事にした。初めて彈いて見た。

七月九日　金
朝九時二十分、眠つてゐる間に動悸起こる。一時間二十分續いた。昨日行つて賴んだ大家へ交渉の件につき、朝、森田七郎さん來てくれた。近い內にこの家に引越す筈。午後、雷雨來る。夜、唐來。夜、又雷雨。涼しくなつた。

七月十日　土
連日の暑さがやつと崩れて八十度に達せず。午後、東炎原稿「桑原會自讃」の村山の筆記稿をなほした。

夕、村山來。渡す。助來。

夜、長磯の箏を撫箏。

七月十一日　日
涼し。午後、青炎抄續稿。但し、捗らず。夕、唐來。

夜、大橋古日來。小よしきりをくれた。撫箏。

七月十二日　月
青炎抄續稿。

夕、唐來。

撫箏。

七月十三日　火

青炎抄續稿。
夕食中、一分ばかり動悸。
七月十四日　水
朝、青炎抄續稿。漸く終る。六十九枚。書き始めたのは四月二十九日なり。午後、榎町日清印刷の出張校正室に行きて、中央公論の松下、雨宮に會ふ。佐藤春夫氏を訪ふ。
七月十五日　木
午前、小林さんへ行く。非常にやせた。十九貫百五十。血圧一六〇。
午後、雜用。九日以來涼しかつたが、また暑くなるらしい。
午後、今秋小山書店から出す文集「青炎抄」（假題）の目次を作る。小山來。夕、村山來。谷中來。すぐ歸る。夕、栗村來。夕食。
七月十六日　金
文集青炎抄の原稿整理。夜までかかつて漸くすんだ。
七月十七日　土
朝、文集青炎抄の原稿を持つて小山書店へ行く。十一月五日附の小切手二百圓受取る。歸りに麻布六本木莊の夏目伸六さんのところへ廻る。ゐなかつた。夕、大井來。唐助來。
七月十八日　日
机邊雜用。
文集青炎抄卷末の句稿整理。夜、撫箏。

七月十九日　月

昨日の句稿の續き。整理終る。二十一句なり。

夕、夏目伸六さん來る。夕食。

午后と食事中と二囘、極めて輕微な發作あり。

七月二十日　火

無爲。

午後、唐助。

夕、六本木莊に伸六さんを訪ふ。一緒に銀座へ出て豚カツの御馳走になつた。

七月二十一日　水

午、銀座資生堂にて伸六さんと去年十二月に來た事のある酒井億尋氏と會ふ。酒井氏が十七日に小山から受取つた小切手をかへてくれる事になつた。歸りに伸六さんと七丁目のバアロマンスへ寄り、マスター難波久さんに會ひ、春の縣中四令會の事につき、話した。

歸つてひるね。

唐助來。今日は唐助の徵兵撿査なり。丙種なりし由。

七月二十二日　木

午、小林さん。又やせて十九貫二十匁。血圧一六〇。

午後、唐助來。昨日の酒井氏の小切手、今日到著につき、銀座へ取りにやる。夜、ち江を村山の宿へやり、校正料二十五圓とどける。

七月二十三日　金
朝、中央公論社へ行き、青炎抄の事にて松下に會ふ。歸途、一口坂の米川へ寄る。不在。午後、小田急北村を訪ふ。三郎の事なり。歸途、米川へ寄る。夜、大井來。一緒に出て、四谷にてアイスクリームを食ひ、別かれて床やへ行く。
七月二十四日　土
夕方より、田端天然自笑軒の河童忌へ行く。歸りに矢來、森田たまさん方へ佐藤春夫氏と寄つた。るすに、村山、小山、助來りし由。
午後、撫箏。
七月二十五日　日
午後、小山來。
午後、撫箏。
夕方、神樂坂田原やに寄りて冷肉盛をあつらへて米川へとどけさせる。米川へ行く。桑原會の慰勞會なり。
七月二十六日　月
無爲。
夕、村山來。
唐助來。
七月二十七日　火

無爲。

午後、米川へ行く。

宮城の使、古川來。唐礎のレコードをくれた。

七月二十八日　水
無爲。

あつし。

唐助、早朝より來。

夜十時より一時間發作。

七月二十九日　木
朝、小林さんへ行く。躰重十九貫六〇、血圧一六〇。午後、中公松下來。

夜、唐助來。

七月三十日　金
朝、上野の音樂學校へ宮城の箏協奏曲の練習をききに行く。歸りに宮城へ寄る。桑原會の時借りて彈いた鶴川の新しい箏をその內買ふ事にした。午後歸る。北村出征すると云つて來た。夜、村山來。午後と夜と輕い動悸各一囘。

七月三十一日　土
朝、また上野へ行く。米川正夫君と會ふ。歸りに上野精養軒に宮城からよばれた。

夕、唐助來。食事中動悸九時六分より二十五分間にてなほる。

MEMO

七月二十四日

文集青炎抄以後。

河童忌にて（十一回忌）

河童忌や夏仔の雀庭に遊べる

八月一日　日

又非常にあつし。朝、唐來。

三田新聞の原稿少し書き始む。

夜、夕食後こひと矢來の森田たまさん方へ出かけたが、九時になつたので、聲をかけずに歸つた。

八月二日　月

夜、輕い動悸二回。

あつし。

無爲。

午後、助來。夕、内山來。

夜、動悸二回。第一回九時五十五分より三十五分間。第二回十時四十分より四十五分間。

八月三日　火

午後、共同印刷へ行き、文藝春秋の齋藤氏に會ひ、百圓借りる事にした。歸りに矢來の森田たまさんへ寄る。唐來。夜、小山來。

八月四日　水

朝、三田新聞の原稿「合羽坂」を書いた。取りに來た學生に渡す。午後、大阪ビル文藝春秋に行き、百圓借りて來た。歸りに勸業銀行に菊島を訪ねたが、出張でゐなかつた。省線にて赤羽へ行き、工兵聯隊に北村を訪ねた。唐來。夜、動悸九時二十五分より五分。

八月五日　木

午、小林さん。十九貫八十目、一六五なり。歸りに九段偕行社にて北村にやるシヤツ、ヅボン下二揃買つて來た。

夕、宮城の古川、宮城の雜誌おとづれの事にて來。夜、こひと四谷見附へ涼みに行つた。唐助、朝から午後まで來てゐた。非常にあつし。三四度八分なり。夜八時、動悸一分でなほる。

八月六日　金

朝からあつい。午後、少し溫度下がる。午前、古川、松尾來。午後、小山の使來。夜、村山來。夜、こひと新宿へ行つた。動悸、夜七時十分より十二分。八時十六分より二十分まで。

八月七日　土

無爲。

午後、助來。

八月八日　日

立秋。

涼し。午後、中央公論九月號の原稿靑炎抄の推敲。

夜、こひと森田たまさんを訪ふ。但し、たまさんは留守であつた。

八月九日　月

涼し。昨日に續き青炎抄の推敲。午後、榎町の大日本印刷へ行く。夕、助來。夜、一寸散步。

八月十日　火

午前より青炎抄の推敲續き。夕方までかかつて終る。

暫らく振りに撫箏。

夜、こひと散步。

八月十一日　水

朝、助來。

午、小林さん。十九貫九〇、一五五。無爲。

夜、こひと散步。淺草まで行つた。

八月十二日　木

午後、中央公論青炎抄の校正。

夜、こひと散步。

八月十三日　金

あつし。無爲。午後、佐藤春夫氏を訪ふ。歸りに榎町日淸印刷の中央公論出張校正室へ寄り、餘り暑かつたので發作起こる。但し、外に出たらなほつた。九月號の筈であつた青炎抄は十月號になつた由。夜、唐來。夜、小山書店へ行き、七十圓十一月十日の小切手を貰つて來た。

八月十四日　土

非常にあつし。

朝、唐來。

午後、昨日の小切手の事にて、矢來森田たまさんへ行く。一たん歸りて夕方又行く。結局何にもならなかつた。夜、唐來。ち江と三人にて四谷見附へ散歩。

八月十五日　日
あつし。

無爲。

夕、唐助來。唐助の誕生日なり。御馳走。

夜、大井來。

八月十六日　月
あつし。十四日に小山から貰つた小切手を持つて、午前、加賀町の吉田信を訪ふ。不在。午後、東日に吉田を訪ふ。又不在。勸業銀行に菊島を訪ふ。歸りに朝日に中野を訪ふ。不在。學藝部の津村に會はうとしたが終にまちぼうけ。夕、又吉田を訪ふ。不在。午後、助來。夕、本を賣りに行かせる。夜、こほろぎを初めてきく。

八月十七日　火
あつし。三五度强なり。

朝、吉田來。午後、新潮へ行く。夕、ち江を村山へやる。るす。夜、村山來。內藤に十圓借りて貰ふ。ひどい暑さの中にて十四日以來の小切手まだ金にならぬ。

八月十八日　水

あつし。午後一時半、三七度強。華氏は九十九度までのぼつた。

午後、新潮社へ行く。雷鳴る。一寸雨あり。小山へ廻る。十圓受取る。夕、村山に返す。夜、大森桐明を訪ひ、一緒に內藤を訪ひ小切手の件をたのむ。漸く解決せり。

八月十九日　木

夜明けから急に涼し。」

朝、十時五分より五分間と午過小林さんへ行く車中にて動悸起る。すぐなほつた。

午、小林さん。十九貫三〇め、一五五。歸りに米川文子へ寄る。午後、宮城の古川來る。夕、助來。

朝、ち江を使にやつて、村山から東炎の七十圓受取り、漸く十四日以來の錬金術成る。

八月二十日　金

又、非常にあつし。

午、唐助來。今日赤羽驛から出征する北村を見送りにやる。

無爲。夕、助歸來。

八月二十一日　土

午前一時半、睡眠中に發作。但し、すぐなほる。

あついけれども、空の色、白い切れ雲、どことなく冷たい感じのする風は秋らしくなつた。無爲。

夕食後、村山來。一しょに矢來の森田たまさんを訪ふ。

八月二十二日　日
又あつい。三五度强。
無爲。
夕、助來。
發作、夕七時五分前より五分間、夜十一時半より三分、續いて約二十分。
八月二十三日　月
朝、助來。夕方までゐた。
あつし。午後、雷雨あり。涼しくなつた。夕方、一寸玄關迄大井來。
八月二十四日　火
朝は涼しかつたけれど又あつい。
ぢつとして無爲。
夜、助來。
八月二十五日　水
あつし。矢張り三四度。
午過、助來。
無爲。
夜、森田たまさんを訪ひ七郎さんに隣りの大家の件をたのむ。
八月二十六日　木

あつし。

午、古川、松尾來。

午後、助來。小山來。

夜、村山來。

八月二十七日　金
あつし。

無爲。

午後、平野來。

夜、米川へ五段礒の譜を持つて行つた。

八月二十八日　土
午前、稲葉準造中尉の軍服にて來。出征する由。夕、村山一寸來。

雲が出て涼しくなりさうで結局またもとの通りあつし。午後二時二十分發作。ぢきなほる。

朝、助來。

八月二十九日　日
昨日の雲、はれきつてあつし。矢張り三十三度。何も出來ない。こまる。朝、助來。

午後三時四十分極めて輕微なる發作あり。

八月三十日　月
あつし。

午後、中央公論社へ行く。

八月三十一日　火

あつし。三十四度。夕方より少し涼しくなる。

ひる前、森田七郎さん隣りの大家の事で來てくれた。

午後、中央公論社へ行き、雨宮に會つて青炎抄の稿料の追加を貰つて來た。

夜、暫らく振りに撫箏。長磯の枕絲を取り除いてから初めて。

九月一日　水
少し涼しくなつた。三十度。
午前、本所被服廠跡へ行き、石原町のお寺に廻つて歸る。
午後、大井來。夜、撫箏。
夜、唐來。雨。但し、夕立也。
九月二日　木
午、古川來。
午後、散髪。
午後三時二十分極めて輕微なる發作。すぐなほる。
夕、唐助來。夜、伸六さん、松岡と來。兵隊に取られた由。
九月三日　金
午前二時、睡眠中に輕き發作起こる。すぐなほつた。
又少しあつし。三十度。
朝、宮城奥さん來。ヰスキーと蛤をくれた。午後、古川、松尾來。

午より唐來。一聯隊へ稲葉の件にて使にやる。用を辯ぜず。
九月四日　土
午、小林さん。十九貫百五十、一六〇。歸りに米川へ寄る。五段碪のおさらへを始めた。一段終る。唐助來てゐた。夜、小山來。飯田彦馬來。十時頃から杉竝の稲葉の許に、伸六さんの入隊の事で行く。
九月五日　日
無爲。夕方、多田と日本橋アラスカの伸六さんの送別會に行く。
九月六日　月
今日は又あつし。三十二度。
手紙、はかき。
助來。
九月七日　火
まだ暑し。三十一度。
しかし仕方がないから仕事を始めた。椅子に腰をかけて「旅」原稿七枚書いた。
夕、助來。旅の小林千代子來。東炎の森來。古川來。この二人には會はず。
九月八日　水
朝八時二十五分起きてすぐに發作三十五分續く。十一時二十分、第二囘目起こる。すぐなほつた。」

ひる前、中西悟堂氏の使と云ふかたり來る。もう少しで五圓取られる所であつた。
あつし。三十三度强。おとづれの原稿三枚脱稿。

九月九日　木
朝はまだ暑かつたが、段段涼しくなり、午過夕立ありて急に溫度下り午后四時は二十四度なり。
遠雷鳴る。
夕、大井來。助來。
夜、飯田彥馬來。會はず。

九月十日　金
涼しくなつた。二十三度前後なり。午頃一寸發作。すぐなほる。
午後、共同印刷の文藝春秋出張校正室へ行き、齋藤氏に會ふ。歸りに榎町の大日本印刷にて雨宮、松下に會ふ。助來。夜、古川、松尾來。宵にうたた寢をして十二時頃起き、それから徹夜。

九月十一日　土
午前一時半より文藝春秋の「鬼苑道話」二章二十枚を朝までかかつて書き上げた。ひるね。あらしにて風音がやかましくよく寢られなかつた。夕、唐來。

MEMO

九月八日
けいけいと夜鴉渡る（無月かな）砧かな
名月や石垣の奥に鵜鳥鳴ける

九月九日

雨音の庭木に澄みて夜の長き

九月十二日　日

あつし。新潮の原稿を考へた。夕、唐助來。大井來。小山來。夕方より涼し。夏ぢゆう何人も人を茶の間に呼ばなかつたが、今日、初めて大井と食事をした。助、陪席。午前、今村松蟲四、鈴蟲二、ヱンマコホロギ一、持つて來た。

九月十三日　月

涼し。朝は二十二度。

新潮の原稿を考へた。

午後遲くより書き始む。

夜、矢來の森田たまし〔氏〕訪問。

夜、助來。

九月十四日　火

本當に涼しくなつたらしい。

續稿。

午、助來。

夕、又助來。

夜、飯田彦馬來。上がらして箏を聞く。村山來。

九月十五日　水

朝は涼し過ぎて肌寒し。

新潮の續稿、今日ひる前より午後にかけて十二枚書いた。〆て二十枚にて終る。「石人」。

夕、助來。

九月十六日　木

暫らく振りにて朝から地雨〔一定の強さで長く降り續く雨〕肌寒し。午、十八度。石人推敲。午後、こひに届けさして稿料受取る。

夏以來、初めて風呂に行く。

夕、助來。

九月十七日　金

午後、宮城へ行き、それから一聯隊の稻葉を訪ふ。伸六さんの事也。それから澁谷驛にて、多田、大井と會ひ、目黑に入隊中の伸六さんを訪ふ。明日上海へ出征の由。助來。

九月十八日　土

午後、小林さんへ行く。隨分間が遠のいた。十九貫十匁。初めての輕量なり。一七〇。少し多し。

歸りに米川へ寄り、四日以來の五段礎の稽古をつづける。小山來。助來。

九月十九日　日

午後、助來。風呂と散髪に行く。

夜、飯田彥馬來。中野來。航空部の次長になつた由。

九月二十日　月
午後、米川へ行く。
午後、助來。夕方から宮城へよばれて行く。留守に今村來。去年の鶯がほけであつたので持つて歸らした。
九月二十一日　火
午後、讀賣梶原來。
東日へ行く。お金の件だめ。
米川へ廻り、桑原會の相談會。
留守に松下、村山來りし由。
九月二十二日　水
午後、榎町日清印刷へ行き、松下に會ふ。
飯田彥馬來。村山來。
九月二十三日　木
午、小林さん。十九貫二百五十、一六〇弱。尿反應なし。歸りに米川へ寄り稽古。るすに大井、助來。但、兩方共歸りに合羽坂で會つた。
夜より讀賣の原稿書き始む。
九月二十四日　金
ひる前から讀賣原稿一日かかつて夕方終る。十枚。「軍歌の悲哀」「吉野艦」「提燈行列」及び

「錬金術」。夕、助來。

九月二十五日　土
　讀賣の原稿推敲。

　午後、助來。讀賣梶原來。小山來。

　夕方、米川へ行く。助を讀賣へ稿料を取りにやる。るすに中野來りし由。チェッコの帽子をくれた。前のから七年目也。夜、飯田彥馬來。村山來。

九月二十六日　日
　午後、村山來。

　風呂へ行く。

　手紙、はがきを書いて無爲。

　夜、村山來り。書を書いた。

九月二十七日　月
　午後、風呂。

　無爲。

　夕、助。

　少し風邪氣也。

九月二十八日　火
　ひる前、古川、松尾來。

助來。
午後、助を連れて小林さんへ行く。十九貫二〇、一六五。助も診察して貰ふ。
九月二十九日　水
午後、助來。
夜、中野來。
中央公論の原稿を書き始む。
九月三十日　木
續稿。
夕方、宮城にさそはれて銀座松喜へ行く。午後、助來る。

十月一日　金

續稿十五枚「飛行機と箏」。午後、助來。助を中央公論にやりて稿料受取る。夏ぢゆうやめてゐた面會日也。

谷中、櫻澤、栗村、多田、桝田、後から出〔出隆〕來る。みんな食事。その外に小山、村山來。玄關にて歸る。

十月二日　土

午後より米川。正夫君と五段碪の初めての手合せをした。但し、まだ三段の半分迄しか彈けない。るすに助來。

編輯者二人來。

十月三日　日

午後、風呂。

宮城の原稿直し。」

夜、村山來。助來。夜、矢來の森田たまさんを訪ふ。

十月四日　月

ひる前、小林さん。るすであつた。

午後、平野來。

宮城の原稿整理。

十月五日　火

午後、小林さんへ行く。十八貫九百八十の一六〇。今年の二月以來、小林さんに行き出してから初めて十九貫がわれた。歸りに米川にて五段碁の續き。

助來。夜、大森桐明來。

夜、「東炎」の原稿「合羽坂にて」書き始む。午前二時前迄に六枚書いた。

十月六日　水

ひる前に脫稿。八枚半にて終る。

ち江を東炎編輯所にやり、稿料受取る。助來。

夕方、朝日新聞へ行き、津村にあふ。歸りに矢來の森田七郎氏に隣りの大家の件を賴みに行く。

夜、古川來。

十月七日　木

午後、おとづれの原稿「箏の稽古」六枚書いた。米川へ行き、それから宮城へ廻り、宮城の若い連中もゐて會食。醉つ拂つた。るすに助來。出〔出隆〕來る。

十月八日　金

無爲。夕、小山來。隨筆新雨出來。村山來。夜、宮城の松尾、布施、後から古川來。夕、助來。

十月九日　土
朝、宮城夫人來。午、助來。

森田七郎氏、隣りの事にて來てくれる。

午後、おとづれの事にて宮城へ行く。

宮城から米川へ、それから夕方石橋の法政豫科技師の中野が朝日航空部次長になつた祝賀會へ行く。

十月十日　日
午後、宮城の松尾、布施、小野來る。

村山來。古川來。內山來。

助來。

宮城の中央公論の原稿なほし。

十月十一日　月
朝、中央公論の使、宮城の原稿を取りに來。

午後、小林さんへ行く。小林さんは不在なれど目方をはかる。十八貫九百三十也。藥を貰つて歸る。出なほして榎町の大日本印刷へ行き、松下と會ふ。その歸りに宮城へ行く。ヰスキーその他貰つて來た。夜、大森來。こひを佐藤春夫氏方へやりて、十圓借りた。

十月十二日　火
ひる前より東日原稿書き始む。「合羽坂の氣違ひ」第一回。

午後、松尾來。宮城夫人來。

都の原稿書き始む。

それから米川。

夜、助來。

十月十三日　水
午より東日原稿第二回。

都の鬼苑隨筆一、支那留學生、上を書き終る。助來。助に原稿持たせてやる。夜、撫箏。內山に召集令來りし由。村山來。夜も都の續稿。

十月十四日　木
ひる前、內山召集された挨拶に來。東日第三回續稿。都第三回續稿終る。米川を休む。夕、大井來。助來。

內山の事で宮城へ行き、まだ夕飯を食つてゐなかつたから、酒をのんだ。夜、村山來。

十月十五日　金
朝、加賀町の吉田信君を訪うたが出かけた後であつた。

午後、東日第四回續稿終る。

谷中來。まだ原稿を書いてゐたので出なほして貰ふ。

十月十六日　土
朝、加賀町の吉田信君を訪ふ。東日にて前借の件をたのむ。

午後、米川。

るすに助と內山が來て待つてゐた。二人を連れて宮城へ內山の送別會に行く。

十月十七日　日
一日休養せんと思ふ。午後、村山來。

夕、小山來。

午後、助來。

撫箏。

十月十八日　月
朝、村山來。午後、宮城へ行き、それから小山書店へ廻る。すべて宮城の「垣隣り」の用件なり。

歸りに大森桐明を訪ふ。小切手の用件なり。但、るす。夕、內山來。今日入隊してすぐ除隊されし也。村山、小山來。內山夕飯。こひを大森へ手紙を持たせてやる。

十月十九日　火
午後、米川へ行き、一たん佐藤春夫氏へ廻り、その歸りに近所の深田氏の家を見せて貰ひ、それから又米川へ行つて稽古。助來。關口町二〇五の今、深田氏のゐる家に移らうかと思ふ。

十月二十日　水
ひる前、內山來。午後、米川。五段碪上がる。歸りに散髮。歸りに佐藤春夫氏へ寄り、袷羽織を貰つて來た。村山來てゐた。夜、撫箏。助來。

十月二十一日　木

朝、宮城玄爾迄來。夫人その他同伴。こひに著物をくれた。朝、松尾來。

午後、小林さん。十九貫、一六五。歸りに米川へ寄る。その留守中に小山、村山、中公松下來りし由。撫箏。助來。

十月二十二日　金
ひる、村山來。小山へ行き、十圓借りた。大森桐明の父君のお葬ひに行く歸りに內藤へよる。但し、るす。

助來て、原稿用紙を刷る。

夜、東日の連載小說の事を賴みに戶塚の木村毅氏を訪ふ。

十月二十三日　土
午後、米川。歸りに新潮社へよる。その歸りに森田たまさんに寄つたが、みなるす。

夕、助來。

金剛寺の剛山と太田を御招待。

十月二十四日　日
一日、撫箏。

午後、村山來。

夜、小山來。助來。

十月二十五日　月
午後、朝日へ津村に會ひに行く。行き違ひにて會へなかつた。夕、改造社へ行き、山本社長に會ひ、新年號百枚の約束成る。引越しの用意なり。木村毅君の好意による。
歸りに朝日へ寄り、中のに會ひ、その歸りに矢來森田たまさんへよる。助來。
十月二十六日　火
午後、朝日へ行き、中野に六十圓借りた。歸りに宮城へよる。改造の大森來。出なほして佐藤春夫氏を訪ふ。行きがけに深田氏の家に玄關迄寄り、いよいよ移る事にきめた事を報ず。
夕、助來。夜、村山來。
十月二十七日　水
夕方より、こひ、ち江を連れていき、仁壽講堂の米川の箏の會をききに行つた。
十月二十八日　木
午後、朝日新聞へ行き、津村に會ふ。歸つてからこひをつれて佐藤春夫氏方へ行き、るすだつたがそれから今度引越すつもりの深田氏の家の內部を見せて貰ふ。夕、中野來。その後で、顔がのぼせて苦しかつた。カニのせゐかも知れぬ。
十月二十九日　金
撫箏。
無爲。暫らく振りに風呂へ行つた。
夕、助來。
十月三十日　土
午後、助來。

午後、米川へ行く。
夕、宮城の小野、布施來。
助來。夜、村山來。
十月三十一日　日
午後、米川へ行き、渥美氏も一緒に荻窪の米川正夫氏方へよばれて行く。るすに助來。

十一月一日　月

午、松下來。

午後、宮城へ行き、米川へ廻り、八段替手の三段から稽古を始む。朔日なれどだれも來なかつた。

十一月二日　火

午後、木村毅君を訪ふ。東日へ廻り、五十圓借りた。夕、助來。

十一月三日　水

午後、大森桐明來。素琴句集の跋文を書いて渡す。村山來。

夕、木村來。召集を受けた由。一緒に公會堂の宮城の箏をききに行く。

夜、歸つた所へ飯田彦馬來。

十一月四日　木

午過、金矢來。お金を持つて來てくれた。夕、再來。夕飯。

午後、米川。夜、助來。

十一月五日　金

午後、小林さん。十八貫八百五十、一七〇。歸りに米川。

十一月六日　土
午後、上野音樂學校の邦樂演奏會へ行く。歸りに村山の下宿に村山を訪ねたがゐなかつた。すぐ往來で會つた。夜、助來。
MEMO
　十一月三日
冬隣る屑屋の籠の竹白々
冬近き水際の杭のそら乾き
輕塵や冬隣る川緣の日向
人ごみの空に星ありて夜の寒き
十一月七日　日
午後、村山來。
十一月八日　月
午後、鶴川琴屋を呼んで、琴二面〆めさせた。夕、木村來。入隊の御馳走。
急に寒くなつたので、少し鼻風を引いたらしい。夜、七度あつた。
午後、雨中米川へ行つた。
十一月九日　火
朝、村山來。
無爲。

夜、助來。
隨筆新雨の寄贈本の署名をした。
十一月十日　水
午前、米川、佐藤春夫、森田たまへ廻る。助來。るすに小山來。
隨筆新雨發送。
夜、小山來。飯田彥馬來。
十一月十一日　木
午後、宮城の雨の念佛・騷音の件にて三笠書房へ行く。
米川へ寄る。助來。
夜、小山來。村山來。
十一月十二日　金
午後、小山來。森田七郎氏、隣りの大家の件にて來てくれる。
助來。
夕方、米川へ行く。
十一月十三日　土
午前、助來。小山へやり、十圓借りた。
午後、小林さん。十八貫七百五十、一七〇。その歸り、米川。
夜、助來。

○午前二時發作。一分にてなほる。實に暫らく振りにて九月十日頃から初めてである。
十一月十四日　日
午後、大學病院隔離室呉内科に中島精一氏を見舞つた。
夜、村山來。
十一月十五日　月
十五日なれど、夕、栗村來ただけ。
夜、助來。
夕方より朝日の原稿書き始む。
蒙禿少尉、一回終る。
十一月十六日　火
朝日の蒙禿少尉の出征を二回分書いて脱稿。夕方届けて津村にあひ、稿料を貰ふ。中野に會ふ、それから宮城へ行つて、公會堂の切符を貰ひ、關口町の深田氏へ廻り、佐藤氏へ寄り、公會堂の音樂學校邦樂科の演奏會へ行く。朝日にて、中野から中島精一氏のなくなつた事をきいた。
十一月十七日　水
午後、小山へ行き、戸塚の中島氏へ吊問〔弔問〕に行き、それから米川へ行き、桑原會の相談にて夜十二時頃歸る。
午、助來。
午後、出かけた時、小山に會つた。るすに村山二度來。

十一月十八日　木
無爲。
夜、眠つてから熱出づ。七度七分。
十一月十九日　金
午過、七度一分あつたが、夕方も大した事なし。夜九時、七度一分。
夜、玄關迄村山來。
十一月二十日　土
熱はなくなつたらしいが、一日家にゐて用心した。
午後、多田來。
夕、名古屋新聞記者來。內山來。
助來。
十一月二十一日　日
午後、關口町深田氏を訪ふ。佐藤春夫氏へ寄る。
夕方、歸つたところへ宮城の松尾、布施、小野來。小山來。もとの田中、平野力來。助來。るすに谷中來。
十一月二十二日　月
「北溟」の序文を書いた。
午後、助來。夕、谷中來。夕食。

十一月二十三日　火
午後、明治生命講堂の山田流移風會をききに行く。歸りに米川へ寄りて夕飯をよばれた。るすに村山二度來た由。
十一月二十四日　水
午後、關口町深田氏のゐた家の大家を日本橋江戸橋富倉商會に訪ふ。深田氏は昨日その家を引越し、あとは借りられる樣になつてゐたと思つたけれど駄目だつた。歸りに米川。夜、佐藤春夫氏を訪ねて、その事を話した。夜、村山來。るすにも來た由。るすに宮城の松尾二度來。改造の大森來た由。午後より助來。
十一月二十五日　木
朝、宮城夫人、きよさん來。新青年記者來。
午、松尾、小野來。午後二時、輕い動悸。今月十三日以來初めてなり。午後、多田來。米川へ行き、葛原と初めて八段の手合せ。留守に金矢と初めての宮內秀雄來りし由。夜、小山、村山來。小山とは米川から歸りのバスで一緒になつた。
十一月二十六日　金
夕方、森田たまさんを訪ふ。引越の件なり。但、七郎さんはるす。改造の大森に會つて新年號の原稿の件打合はす。宮城へ行き、夕飯。歸りに內山と一緒に歸つた。
十一月二十七日　土
午後、助來。こひ、助と借家を見に行く。鶴川琴屋へよる。小山へ廻る。借家の件なり。米川へ寄り、八段替手を上げた。夕飯をよばれる。夜、小山、出〔出隆〕夫妻來て待つてゐた。

十一月二十八日　日

午後、村山來。小山來。土手三番町の借家を小山がきめて來てくれた。大いに有り難い。桑原會の番組を印刷に廻すやうに書きなほす。

十一月二十九日　月

ひる前、谷中來。午後、奥脇來。どちらも玄關迄。午後、新日本の編輯者來。

十一月三十日　火

夕方より「東京」書き始む。まだ一二枚也。

十二月一日　水
續稿。第三回迄書いた。
十二月二日　木
續稿。夕、內山來。玄關ですます。夜、小山來。
十二月三日　金
午、少し續稿。二十一枚。改造に屆け、社長より五百圓借りた。小切手。小山に廻り、一緒に出て岩波にて內百五十圓現金にしてくれた。土手三番町の水島氏を小山と訪ひ、敷金百十四圓を預けた。助來。いよいよ引越也。
十二月四日　土
五百圓では足りないので色色こまる。午後、共同印刷にて文藝春秋の齋藤氏に會ひ、百圓借りる事にした。歸りに矢來森田たまさん、七郎さんを訪ふ。バスで助にあひ一緒に歸る。お隣りの阪井さんへ挨拶に行つた。
十二月五日　日
夜、東京驛の鐵道ホテルへ來た。改造の原稿がすむ迄、當分ゐるつもり也。

夜より寐られなかつた。桑原會の事にて、葛原がごてついてゐるのでその電話にて落ちつかない。午、莊司の風呂、入口にてサンドヰチ。午後、四谷の戸谷迄出かけて散髪。夕、助來。乘車口の精養軒の食堂にて助と夕食す。

十二月六日　月

昨夜はよく寐られたが、朝からまだ桑原會の葛原のごたごた片附かず。その電話にて氣が散つて困る。午、莊司の風呂。入口にてライスカレ。午後、こひ來。文藝春秋へ使にやり、百圓前借した。小山來。夜も亦葛原の事の電話にて氣持が散り、これで二日つぶした。閉口也。

十二月七日　火

少し仕事にかかる。

午は精養軒食堂。午後、こひ來。

夕、宮城夫婦來。食堂にて御馳走した。

十二月八日　水

少し仕事。

午後、こひ來。

夕、助來。助と夕食。

十二月九日　木

午、改造大森來。

ひるね。

仕事少し。
夜八時五分動悸。五分でなほる。
助來。
十二月十日　金
ひる前、こひ來。午後、助來。夜、助來。
仕事稍捗る。
十二月十一日　土
午後、大森來。こひ來。
仕事稍捗る。
夜二時、睡眠中動悸。起きたらすぐなほつた。
十二月十二日　日
午後、こひ來。午后中ゐた。夜、すけ來。仕事捗らず。
寢る前から少し進む。
十二月十三日　月
午、こひ。午後、大森來。夜、すけ來。
仕事捗る。原稿その後を三十枚大森に渡した。
十二月十四日　火
　朝早くから仕事。

午、改造記者來。午後、大森來。夕、改造記者來。夜、こひ來。捗る。
十二月十五日　水
朝四時から仕事。捗りて大體終りとなる。一日數囘、改造記者來。こひ來。ひる前から午後迄ゐる。夜、米川正夫、文子兩氏を招待。
十二月十六日　木
朝から原稿を書く。東京日記、漸く終る。二十三章九十六枚也。改造記者二度來。こひ來、唐助來。夕、四谷見附三河やへ伊之研の會に行く。歸りに米川へより、半月ぶりに琴をひいた。
十二月十七日　金
ひる前、こひ來。午後、こひを殘して木村毅氏を訪ひ、歸りに四谷にて散髮。一たん鐵道ホテルに歸り、るすの間に來てゐたすけも一緒にこひと出て市谷にて別れ、秀英舍の大日本印刷へ行く。木村氏も秀英舍も鍊金の爲也。それから米川へ行き、練習。一時に歸る。るすに大橋古日來りし由。
十二月十八日　土
朝、睡眠中動悸起こる。五時十分前より二十分間續く。近來になき長時間なり。
改造の追加の前借の件、纏らず。午後、小山來。小山の小切手にて、宮城にて八十五圓借りてホテルを拂つて、夜、宮城へ行き、米川君と手合せ。その後、宮城へ泊まつた。
十二月十九日　日
宮城にて第二回桑原會。
夕方から富士見町、新美好の慰勞會へ廻り、夜十時頃、初めてこの土手三番町の家に歸る。引越以來最初の入城なり。

十二月二十日　月

夕、太田來。

夜、田村義輝外一名來。

助來。

十二月二十一日　火

夜、村山來。

十二月二十二日　水

ひる前、多田來。

午後、小山へ行く。

夕、助來。

夜、佐藤喜一郎氏を訪ふ。

十二月二十三日　木

午後、小山來。

銀座西の電通へ佐藤喜一郎氏を訪ふ。

助來。

十二月二十四日　金

朝、宮城夫人來。

午後、小山を訪ふ。小山の小切手を持つて宮城へ廻り、百圓かへて貰ふ。
助來。
十二月二十五日　土
夜、初めて二階の書齋へ坐る。机邊の雜用整理。夜二時迄かかる。
十二月二十六日　日
まだ落ちつかず。夕、助來。
十二月二十七日　月
夕、內山來。
夜、平河町に佐々木茂策氏を訪ひ、文藝春秋の三百圓前借をたのみ成る。
夜、米川文子さん來。
十二月二十八日　火
午後、こひを文春にやり、三百圓前借。
午後、大井來。
夕、谷中來。
十二月二十九日　水
無爲。
夕、助來。
十二月三十日　木

机邊雜用。無爲。

夕、助來。

夜、名古屋新聞の原稿書き始む。

十二月三十一日　金
色色の錬金術成らず、このまま年を越さんとす。午後、谷中來。助來。

夜、宮城から鶴川の琴を持つて來さしてくれた。この前の夏の第一回桑原會の時に初めて彈いた琴にて大いにうれし。これで正月をする。

昭和十三年〔文藝手帖〕

一月一日　土
無爲。
一月二日　日
無爲。
一月三日　月
午後、內山來。村山來。午後、唐助來。夕、妹尾來。多田來。夕食。後から、田中（平野）來。平野が室內電話をつけてくれる事になつた。
夜、書を書かされた。
一月四日　火
午、出〔出隆〕來。
午後より夜にかけて、米川正夫、米川文子、米川親敏、渥美、藤田、吾孫子の諸君と箏、三味線にて遊ぶ。御馳走は七面鳥のすき燒。

一月五日　水

無爲。

一月六日　木

午後より夜にかけて、小山、出〔出隆〕、村山、大井の諸君と將棋をさして遊ぶ。お正月以來「琴棋書畫」に耽つてゐる。御馳走は、七面鳥のすき燒。

一月七日　金

午後、中央公論の松下一寸來り。夕方更めて雨宮と二人にて來。御馳走は七面鳥のすき燒と相鴨。松下醉拂ひて曉四時までゐた。

一月八日　土

朝、唐〔唐助〕來。

一月九日　日

夜、唐來。

一月十日　月

午後、唐來。小林さんを御馳走した。夕、金矢來。

夜、小林さん來。診察して貰つたら、お正月の飲み過ぎがたたつたか、暮のホテル住ひ以來の無理の所爲か、大分からだが惡くなつてゐるらしい。血圧は一八五にのぼつてゐた。明日より養生する事にして、小林さんに盃を獻ず。寒雀のだんごの御馳走なり。

一月十一日　火

無爲。
一月十二日　水
仕事を始めやうと思つたが、今日はまだ出來なかつた。
一月十三日　木
午後より「新日本」の原稿書き始む。夜、小山來。その後、又續稿。午前三時に終る。九枚。鐵道館漫記。四時にねる。
一月十四日　金
午後、唐來。
夜、大森、村山來。
一月十五日　土
ひる前、谷中來。
午後、野田書房の編輯者來。
午後より週刊朝日の原稿を書き始む。五枚書いた。
朝から、風〔風邪〕のやうだと思つてゐたが、午後、揄溫の時、初めは六・四、二時間後は六・七、夕方には七度三分、夜九時は七度五分、十一時八度。
一月十六日　日
風にて臥床。最高八度三分。
夕方、アスピリンをのんで熱下がる。

一月十七日　月
なほ床中。七度臺。
夜は、七度より下がつた。
午後、唐來。
一月十八日　火
平熱らし。
午後より起きる。
夜、唐來。
夜、二階の書齋に上がつて仕事。捗らず。頭痛し。十時半七度三分。
一月十九日　水
午後より十五日に書きかけた週刊朝日の續稿。
夕、大井來、唐來。あひ鴨にて夕食。
一月二十日　木
夕食を遲くして、夜仕事。脫稿す。「長い塀」九枚。木村來。待たせておいて九時頃から一緒に夕食。
一月二十一日　金
夕方より東日の原稿、明暗双柑、二回の內上、支那瓦の出博士四枚脫稿。
一月二十二日　土

午後、續稿終る。四枚半。撿挍と蕗味噌。
一月二十三日　日
午後、唐來。
昨日出來上がつた四疊半の茶の間の床の間をつぶしてはめ込んだ本棚へ午後中かかつて本をならべた。夕、唐來。
一月二十四日　月
午後、小山來。
唐來。
夕、金矢來。玄關にてことわる。
およそ十日間、毎日來た大工、今日にて仕事を終る。
初めて風呂を立てて這入つた。
一月二十五日　火
午後、ベル屋來。やつと玄關に電鈴をつけた。
夕、金矢來。夕食。夜、村山來。同席す。
一月二十六日　水
夜遲く、助〔唐助〕來。
一月二十七日　木
無爲。

一月二十八日　金

無爲。

午後、妹尾の細君來。小山來。

夕、唐助來。

一月二十九日　土

午後、大井來。ち江を活動寫眞につれて行く。夕方、歸つて夕食。

午後、唐助來。六高文科に受驗の手續をさせた。

一月三十日　日

午、東日調査部白石と吉田信君來。夜、句作。「垣隣り」の東日のブックレギューを書いた。三時半就寢。

一月三十一日　月

ひる前より句作。三句出來た。昨夜のと合はせて七句。こひに朝日へ届けさす。句稿料十圓。日日へも原稿を届ける。

夜、助來。

二月一日　火
午後、松下來。
夕方にかけて、谷中、妹尾、栗村、木村、夜、村山來。みんな一緒に夕食。
午後、唐助來。
二月二日　水
無爲。
二月三日　木
午、小山來。
夕、大井來。夕食。
二月四日　金
午後より中央公論の原稿書始む。
夕、仁壽講堂の米川文子獨奏會へち江をつれて行く。
るすに內山來。唐助が一日以來、小日向の家を家出してゐると云つた由。心配で夜通し唐助の夢を見續けた。

二月五日　土

唐助の事にて心落ちつかず。

朝、法政豫科に電報を打つて大井に來て貰ふ樣賴んだ。午後、こひを版畫莊へやつて內山にその後の樣子をきかせた。夕、大井來てくれた。方方を探しに行つてくれた。夜、內山來。その內、大井歸來。內山と二人で又心當りを探して來た。わからぬ。」

午後、中公の原稿書いた。こひに屆けさし稿料を貰つて大工に拂ひ、又さがす費用にした。

MEMO

一月三十日

別れ霜猫連れ立ちて通りけり

土手の松に月大いなる猫の戀

寒明の窓さらさらと時雨帛

春の雪大路の風に亂れけり

一月三十一日

松ケ枝に淡雪のある日明かるき

傳書鳩四ツ辻に舞へり東風日和

よべの雨に家家ぬれて二月盡

〔「俳句全作品季題別總覽」と異同〕

二月六日　日

午前三時頃、まだ起きてゐるところへ內山來。唐助歸つて來た由知らせて來たので、安心した。

午後、唐助の友達の曾彌來。
內山來。大井來。
やりかけてゐる仕事が出來なかつた。
二月七日　月
午後、小山來。夕、村山來。
無爲。
二月八日　火
午後、中公續稿。
二月九日　水
午後、村山、文藝春秋の原稿の口述筆記に來。午後、小山書店の使、下田來。
夕、村山と夕食。米川文子さん玄關迄來。
二月十日　木
午後、中公原稿終る。〆て三十枚。題未定。夕方、大井、唐助の事にて打つた電報にて來てくれた。夕飯。
午後、仕事にかかる前、故三重吉さんの令嬢鈴子さん來。三重吉全集推薦文の件なり。
二月十一日　金
午、大井、唐助の事にて來。助を呼び出したけれど、會へなかつた由。
午後、去年秋以來、初めて小林さんへ行く。十八貫にへつた。一七五。尿異狀なし。血圧は一月十日に小林さんが往診して下さつた時、一八五であつた。

四谷より使をやつてくれたら助は又昨夜より歸らぬとの事。こひを內山にやる。要領を得ず。大井と夕食。その前に一寸通寺町〔かよいてらまち。現在の新宿区神楽坂六丁目近辺〕の金子へ行つたが、會へなかつた。午後、村山來。筆記をことわる。助の事にて到頭文春の原稿だめ。

二月十二日　⑫1　土〔日付の12に○印と1　動悸のあった日の印で、2月12日が第1回目という意味。以下同様〕

午後七時、極めて輕微にして云ふに足らぬ程なれども、今年最初の動悸あり。

午後、金子へ行く。歸つてから今年最初の散髮。それから日清印刷の大日本印刷へ中公の校正を見に行つたが、まだ出てゐなかつた。中村武羅夫氏を訪はうと思つて矢來をさがしたけれど解らなかつた。夜、大井、助の事にて來てくれた。助の安否なほ不明なり。

二月十三日　日

午後、野田書房の雜誌「三十日」の原稿を少し書きかけた。中公、校正來る。但し三月號のつもりで書いたのが、四月號になつた由。夜、大井、助の事にて來。まだ助の動靜わからぬ。

二月十四日　月

夕、大井、助の事にて來てくれた。夕食。

二月十五日　火

野田書房「三十日」の原稿「川流れ」脫稿。二枚。午後、陸軍經理學校の宮內來。野田書房の野田來。夕、奧脇、谷中、木村、大橋古日來。みんなと夕食。

二月十六日　水

午後、宮城の松尾來。

先日來新潮社の中村武羅夫氏に會はうと思つてゐたが、まだ行き違ひ、この次の著書の事にてお金の相談をしようと思つてゐる。

夜、大井來。助の事也。

二月十七日　木

午後、多田來。

夕、米川文子氏方へ桑原會の連中の會合にて行く。

夕方、大井來。殘して出かけた。

二月十八日　金

午後、岩波へ行き、堤氏に會つた。志田素琴先生の博士論文稿を岩波から出して貰ひたいと云ふ件なり。夕七時、木村毅氏を訪ふ約束あるにつき、岩波を出て近所の天婦羅屋で天丼を食つた。一たん歸つて木村氏を訪ふ。この次の新刊の件なり。それにつき、お金を五百圓送つて貰ひたいと頼んだ。歸つて見たら、米川文子氏來てゐた。それから一緒に夕食。夕方、るす中に大井一寸來りし由。

二月十九日　土

午後、多田來。小日向の家の件にて、家主平井兄弟來。大井來。太田來。夕方、みな去る。夜、多田再來。

食事中、Fischvergiftung〔ドイツ語。魚中毒〕らしく暫らく苦しかつた。

二月二十日　日

午後、村山來。

午後、新潮社へ中村氏に會ひに行く筈であつたが止めた。舊臘以來初めて佐藤春夫氏を訪ふ。

二月二十一日　月

午後、新潮社に行き、中村武羅夫氏に會つた。この次の新刊の事は既に木村君に賴んだ後なので、新潮文庫にて二百圓位お金をこしらへてくれと賴んだ。歸りに岩波へ寄り、布川角左衞門に會つた。何年振り也。素琴先生の本の件也。ついでに冥途の文庫の件も賴んでおいた。夕、大井來。金矢來。一緒に夕食。金矢、滿鐵に行く送別也。大井は助の事にて來。

二月二十二日　火

午後、岩波の三重吉全集の紹介文を書いた。

二月二十三日　水

午後、玄關迄大森桐明來。素琴先生の岩波の件なり。

午後、學藝新聞の原稿「三猿」三枚脫稿。

夕、大井來。同じく助の事也。

二月二十四日　木

年末以來、のびのびになつてゐる名古屋新聞の原稿にするつもりにて「鮫の切り身」を書きかけた。

二月二十五日　金
午後、小林さんへ行く。十八貫二百、壓一八〇。夕、本山荻舟氏の庖丁十年祝賀會にて晩翠軒へ行く。
木村毅氏より來書。改造社の事にて十八日に訪ねた件なり。だめの由にて甚だ困る。
二月二十六日　土
午後、新潮へ行き、楢崎君に會ひ、歸りかけたら外で中村武羅夫氏に會ひ、又引返して本の件を相談して頼んだ。
午後、大井來。夕、出なほして來。三鞭酒をのんだ。大井の原稿料の御馳走なり。
二月二十七日　日
午後、吾孫子松鳳夫妻來。夕食には米川文子氏も來り、會す。
二月二十八日　月
午後、新潮社へ行く。先日來の件なり。米川へ寄る。米川にて新潮よりの電話の連絡を受く。

三月一日　火

午後、中公松下來。

午後、新潮社に行き、先日來の話にて、この次の新刊を約し、二百圓受取る。なほ、あとの百五十圓と百圓〆て四百五十圓の約束を受く。栗村來、谷中、妹尾、木村、大橋來。後から太田、助の事にて來てくれた。皆一緒に夕食す。

三月二日　水

午後、岡山縣人社の久米玄鬫迄來。

午後、暫らく振りに宮城へ行く。

夕、太田來、助の事也。

三月三日　③2　木

午後、大井一寸來。

二階片づけ。

無爲。

午後二時過、輕微なる動悸あり。二月十二日以來なり。夜、就床後もう一度打ちかけたが、そのままなほつた。
三月四日　金
太田、大井來。助の事なり。一緒に夕食。太田の歸つた後に出〔出隆〕來る。
三月五日　土
午後、朝日新聞に中野を訪ひ、東日に寄りて高原の行先を確め文部省へ廻つて高原に會ひ、暫らく振りに來る樣招待す。七日夕に來る約束をした。それから大阪ビルにて、日滿亞痲會社に西河謙吉を訪ふ。何年振りに會つた。金矢の送別の事也。文藝春秋に寄りて原稿の件を打合はす。」
るすに金矢と法政の澤田龜吉來りし由。
三月六日　日
午後、村山來。
午後、木村和一郎來。夕食。
金矢、今夕滿鐵へ行くにつき、今朝、お祝の電報を打ち、夕、見送りはこひをやつた。
三月七日　月
右の目蓋はれて氣持惡し。しかし別にからだが惡い樣な氣もしない。無爲。
五日に高原は今夕來る約束であつたが、電報にてことわつて來た。
三月八日　火
午後、小林さんへ行く。十八貫二百、一七五なり。午後、大森桐明來。
夕、九段魚久の吾孫子の招待に行く。久保田万太郎氏、米川文子氏と吉原引手茶やへ行く。

三月九日　水
昨夜ののみ過ぎと人疲れと寝不足にて、終日ふらふら。
三月十日　木
午後、中公松下來る。ジョニヲーカー黑をくれた。中公原稿を校正刷にて推敲。
夕、大井來。夕食。
三月十一日　金
ひる前より文藝春秋原稿を書き始む。夜半まで續けて十三枚也。
三月十二日　土
文春續稿二十枚にて終る。「彈琴錄」。執筆中に平野止夫來。玄關にてことわる。太田、多田來。助の事也。待つて貰つて共同印刷へ原稿をとどけた。歸つて二人と夕食。太田、一たん夜學へ行つて又歸つて來た。
三月十三日　日
午後、吾孫子夫婦來。
午後、小山書店へ行く。
無爲。
三月十四日　月
午後、大森來。
午後、散髮に行き、それから共同印刷文春出張校正室へ廻りて「彈琴錄」を校正して來た。

三月十五日　⑮3　火
二月十二日、三月三日以來の動悸、午前十時二十分に起こる。二三分にして治まつた。
夕、谷中來。すぐに歸る。栗村、村山來。夕食。後から大橋來。
三月十六日　水
無爲。
夕、大井來。夕食。
三月十七日　木
午後、米川へ寄り、岩波へ素琴先生の件にて行き、中央公論に行きて松下に會ふ。次の小說の約成る。歸りに大森桐明を訪ふ。
三月十八日　金
午後、佐藤春夫氏を訪ふ。歸りに宮城へ寄る。
三月十九日　土
午後、今度の本の事、月末に前借する筈の第二回目の印稅を一週間許り早く貰ひたいと云ふ用件にて新潮社へ行き、佐藤俊夫君に會ふ。その通り話きまる。
夕、大森桐明玄關迄來。
三月二十日　日
午後、吾孫子松鳳の推薦文を書いた。文春オール讀物の原稿二枚脫稿。夕、大森來。素琴さんの本の件也。

三月二十一日　月
午後、素琴先生の事にて大森桐明氏を訪ふ。
夕、大井來。
無爲。
三月二十二日　火
午後、東炎の原稿書いた。脫稿。「漱石先生の書き潰し原稿」四枚半。夕、岡山藺の花の原稿白魚を書き始む。
三月二十三日　水
白魚續稿五枚にて終る。
夜、今度新潮社から出す本の原稿整理。
三月二十四日　木
原稿整理。
午後、村山來。
夜も原稿整理。
三月二十五日　金
朝、原稿整理。
午後、行きがけに新潮社へ一寸寄つて佐藤春夫氏を訪ふ。るす。米川へ廻る。それから新潮社へ行き原稿を渡した。百五十圓受取つた。

夕、大井來。ひる前に春雷。

三月二十六日　土

午後、明治生命講堂の移風會へ行く。行きがけに文部省に寄り、高原四郎に會つて今夜御馳走する事を約す。

夕、高原來。初めての御馳走なり。

三月二十七日　日

午後、吾孫子夫妻玄關迄來。

午後、こひと神田の南明座《なんめい》へ活動寫眞を見に行つた。チャプリンのモダンタイムス。

夜、撫箏。

三月二十八日　月

午後、吾孫子松鳳を訪ふ。初めてなり。

三月二十九日　火

午後、小林さん。十八貫三百、一七五也。夕、大森桐明玄關迄來。夜、太田來。

三月三十日　水

午後、藺の花の原稿白魚漫記發送。

午後、散髪。夕、村山來。

夕、大井來。夕食。

三月三十一日　木

午後、菊島のお母さんの告別式に行く。自動車にて往復したが、春雷の霹靂。車中に身がちぢまつた。通知を見違へて告別式は昨日であつた。

四月一日　金
ひる前、讀賣の梶原來。
午後、年末以來遲れてゐる名古屋新聞の原稿を書いた。
夕、妹尾、大橋、大井來。夕食。
四月二日　土
名古屋新聞の原稿の續き。
午後、松下來。
夕、上野精養軒の獨逸文科の會へ行く。
四月三日　日
午前、多田と多田不二さんの弟と寫眞師と三人來。彫刻の爲に寫眞を撮つた。
午後、小山來。婦人畫報記者來。野田書房來。
夜、大森來。
四月四日　月
午後、名古屋新聞の原稿續稿。夕、中央公論の松下來。夕食。後で書を書いた。

四月五日　火

午後、村山來。

名古屋新聞續稿。

午後、昔の中學の村上芳樹先生來。

夕、大井、吾孫子、米川姉妹、渥美來。みんなで會食す。

四月六日　⑥4　水

朝、大森來。

正午十二時半、輕い發作あり。一二分續いた。三月十五日以來の動悸なり。

夕、大森來。一緒に自動車にて目黑に村上〔芳樹〕先生を誘ひ、自笑軒へ行き、歸りは銀座裏のフレーデルマウスへ行き、新橋驛に送る。

四月七日　木

午後、大森來。一緒に岩波へ行く。素琴先生の本の件なり。歸りに新潮社へ寄る。夕、法政の澤田龜吉氏來、多田來。夕食。

四月八日　⑧5　金

午後一時前動悸。一二分にてなほつた。午後、松下來。

午後、宮城の中央公論の原稿をなほす。

四月九日　土

午後、町內の正木昊《ひろし》氏を訪ふ。六日の夜、留守中に松下の案內にて來た答禮也。夜、井本健作氏、大井と來。一時過までゐた。

四月十日　日

無爲。

夕、大井來。夕食。

四月十一日　月

午、小山來。

午後、去年の十二月三十日から書きかけてゐた名古屋新聞の原稿をやつと書き上げた。五篇十四枚也。

四月十二日　⑫6　火

昨夜は早く九時過就眠。熟睡し過ぎたと見えて、十二時前に目がさめ、それから三時間も眠れなかつた。その所爲かも知れないが、朝八時過、目のさめ際に動悸起こり一二分で結滞になつた。酒をのんでやつとなほしたが、三十五分つづいた結滞になつたのは、この前はいつであつたか記憶なし。」

午後、新潮、長沼來。夜、太田來。唐助の件也。

四月十三日　⑬7　水

昨夜は常の通りに眠つたが、今朝また目のさめ際に八時より四十五分間動悸が起こつた。」

午後、村山來。吾孫子の細君來。夜、太田、大井來。夕食。助の件也。

四月十四日　木

中央公論に約束の「南山の壽」を書き始めた。午後より始めて夜も續けて六枚半書いた。

四月十五日　金
午後、續稿十三枚になつた時、こひに中央公論へ屆けさして六十五圓貰つた。後、なほ續稿七十枚位になるつもりなり。」

午後、谷中來。出なほして貰ふ。

夕、栗村、町内の「近きより」の正木昊氏、谷中、大橋來。夕食。

四月十六日　土
午後、續稿二枚。

午後、新潮社へ行き、散髮に行き、赤坂幸樂の東炎の會へ行く。歸りは桐明氏と歩いて歸つた。

四月十七日　日
午後、佐藤春夫氏來。谷崎氏の弟同伴。

午後、大井來。チヤボの籠を造つてくれる。夕飯。

夕、村山來。宮城の小野來。

四月十八日　月
午後、太田來。唐助の事也。

夕、村山來。

仕事出來ず。

四月十九日　火

午後、新潮から出す本の句稿を整理した。本の名は丘の橋。

夕、太田來。夕食。

四月二十日　水
午後、岩波の島崎菊枝來。小山の使來。二三日來考へてゐた岩波の文學の原稿を書く。夜、一時前までかかつて五枚「桃葉」。

夜、こひと近所を散歩。

四月二十一日　木
午後、新潮長沼來。夕、岩波島崎稿料を持つて來。

夜、こひと散歩。

無爲。

四月二十二日　金
午後、放送局の高橋來。

夜、こひと散歩。

無爲。

四月二十三日　土
ひる前、新潮長沼來。

夕、大井來。

無爲。

四月二十四日　日
ひる前、新潮長沼來。
午後、東日高松來。
午後、東日の原稿「書物の差押」三枚半書いた。新潮から出る丘の橋の字を書いた。使の小僧に渡す。
夕、村山。
大井來。夕食中であつたから、酒を飲んだ。
四月二十五日　月
朝、宮城おくさん來。
午後、宮城の原稿なほし。
午後、宮城の小野、その原稿を取りに來。
四月二十六日　火
無爲。
夕、木村來。夕飯。明朝、滿航へ行く由。
四月二十七日　水
午後、南山の壽の續稿一枚半。
四月二十八日　木
午後、小日向の大家の平井來。

無爲。
夜、散步。
四月二十九日　金
午後、村山來。
午後、續稿捗らず。
夕、大井來。夕食。
夜、散步。
四月三十日　土
朝から南山の壽の續稿。
一先づ、中央公論に屆けてお金を貰ふ。

五月一日　日

ひる前、小日向臺町の平井來。小日向の家の家賃を拂つた。

夕、大井來。ヒバリの子四羽くれた。村山來。大橋來。みんなと夕食。

五月二日　月

午後、多田來。

夜、仁壽講堂の吾孫子松鳳の演奏會へ行く。

五月三日　火

午後、新潮社へ行き、印税の內百圓貰つた。歸りに宮城へ寄り、いつかの二十五圓返した。米川へ寄り、案內す。夕、米川姉妹來。神戸の吉田から來た尾道の濱燒にて御馳走。

五月四日　水

夜、雜誌「近きより」の原稿を書いた。二枚。「土手三番町」。

五月五日　木

午後、小林さんへ行く。十八貫四百、一七〇。續稿成らず。

夕食中、大井來。

五月六日　金
無爲。
夕、日比谷三信ビル東洋軒の操觚會へ行く。
五月七日　土
午後、米川正夫氏來。
夕、銀座樽平の法政の會へ行つた。
夜、歸つた後から大井寄る。
五月八日　日
夜、報知の原稿書き始む。一回脱稿。
五月九日　月
報知の原稿續稿。午後終る。十四枚。「乗物雜記」。
夕、宮城へ行く。麥酒をのみ、醉つて歸る。
五月十日　火
中公の續稿成らず。
夜、米川文子氏方の會へ行く。
五月十一日　水
午後、村山來。
續稿成らず。

五月十二日　木

續稿成らず。

午後、大井來。ち江を活動につれて行つた。夕、大井歸來。夕食。

五月十三日　金

續稿成らず。

午後、報知新聞へ稿料受取りに行つた。

五月十四日　土

續稿成らず。午後、宮城の原稿直し。午後より荻窪の米川正夫氏方へよばれて行つた。

五月十五日　⑮8　日

午後、米川文子の姉さん天谷桂香さんわかなのおさらへに來てくれた。

大橋妹來。みんなで夕食。

朝、床中にて極く輕微な動悸。すぐなほつた。

五月十六日　月

續稿成らず。

夜、こひと散歩。

五月十七日　火

續稿成らず。

無爲。

五月十八日　水
ひる前、村山來。無爲。
午後、新潮社へ行く。印税は殘りを貰つた。
夕、村山來。夕食。
五月十九日　木
無爲。
夕、大井來。夕食。
五月二十日　金
午後、散髪して東京驛に行き、早川三郎の支那へ行くを送る。朝日にて大井を待ち合はし、ニュ
ー東京にて麥酒をのみ、天金に行きて夕方大井と歸り、夕食。
五月二十一日　土
無爲。
五月二十二日　日
午後、ち江をつれて明治生命の講堂の移風會へ行つた。
五月二十三日　月
朝、宮城奥さん來。午後、宮城の松尾來。夕、大井來。岡山の源ちやんから來た鯛を食つた。
五月二十四日　火
無爲。

夕、食事中、大井來。
五月二十五日　水
朝日カメラの原稿三枚書いた。「素人寫眞」。夕、平野來。
夜、米川文子來。
五月二十六日　木
無爲。
夜、淸水淸兵衞奉天より來。
五月二十七日　金
朝日の隨筆書き始む。
夕、大井來。夕食。
五月二十八日　土
無爲。
夕、村山來。
五月二十九日　日
朝日の隨筆續稿。
夕、大井、栗村來。誕生日のお祝。三鞭二本のんだ。
五月三十日　月
續稿。

五月三十一日　火

續稿。終る。午後、朝日へ持つて行き、稿料六十二圓受取つた。文藝春秋社へ行つて借金したいと頼んだが、ことわられた。

六月一日　水

午後、慶應義塾の商工部に大橋古日君を訪ね、お金を借りる事を頼んだ。夕方に來た時、持つて來てくれたのと合せて九十六圓借りた。

午後、出がけに谷中來。夕方出なほすと云つてそれきり不來。夕、大橋來。

六月二日　木

非常にあつし。

午後、讀書新聞の記者來。小山と島崎氏來。みな玄關にてすませる。

夕、九段軍人會館の米川の會へ行く。

るすに、大井、出〔出隆〕來りし由。

六月三日　金

午後、新潮社へ行き、今度の新刊丘の橋の寄贈本に署名した。新潮社から發送してくれる。

歸りに散髪。

六月四日　土

午後、小林さんへ行く。十八貫七百、一六五。調子は大躰いいけれど、又少しふとりかけた。無爲。
六月五日　⑤9　日
　正午頃上厠中、發作あり。一分間位にてなほつた。
六月六日　月
　無爲。
　午後、お金の事で新潮社へ三度行つたが、佐藤君るすにて會へなかつた。
六月七日　火
　午後、新潮社の使迎へに來。行つて百五十圓貰つて來た。丘の橋の增刷五百部分の印稅八十五圓と新潮文庫の約束による前借也。
六月八日　水
　無爲。
六月九日　木
　午後、日本讀書新聞の原稿「丘の橋」に就いて、三枚書いた。
　夕、島崎蓊君來。
六月十日　金
　ひる前から新風土の原稿三枚書いた。「浪」。午後、こひと電氣倶樂部の米川親敏氏の箏の會に行く。歸りに天金にて夕食。
六月十一日　土

中公の續稿を書かうと思つて、東炎の原稿を書き出した。卯の花。
夕、大井來。夕食。その席に夜、出〔出隆〕來。
六月十二日　日
午後、村山來。
無爲。
六月十三日　月
午後、都新聞社へお金を借りに行つた。三十圓借りて來た。
東炎、卯の花續稿。
夕、村山來。夕食。
六月十四日　火
夜、米川文子來。その席に加はる。
午後、出〔出隆〕來る。唐助の事を相談した。出と夕食。
六月十五日　水
夕、谷中來。大井來。大橋來。夕食。後から正木來。
夜、十一時前から大橋と自動車にて左内坂上の大森桐明氏の家を訪ひ、秋田から上京した東炎の岸郎君に會つた。
六月十六日　木
東炎原稿脫稿す。おからと改題。夕、村山來。渡す。村山と夕食。

六月十七日　金
忘。
六月十八日　土
夕、大井來。夕食。
六月十九日　日
南山の壽、續稿。但し、ほんの少しばかり也。
午後、村山來。夕、濱田本悠夫妻玄關迄來。入浴中にて會はず。
夕、大森桐明來。
六月二十日　月
夕、名古屋の田中（平野）と多田來。夕食。
六月二十一日　火
午後、新城和一君來。
夜、ち江と近所を散歩。
六月二十二日　水
午後、都新聞の原稿一回書いた。「自分の顔」四枚。
午後、その打合せに都新聞へ行く。夕、大井來。夕食。
六月二十三日　木
午、慶應義塾に大橋を訪ひ、お金の相談をした。明日、持つて來てくれる筈。

午後、都新聞の原稿第二回「金の縁」四枚脱稿。
夜も第三回少少。
六月二十四日　金
午後、昨夜から書きかけてゐた都新聞の第三回も書いた。「素人掏摸」四枚。
夕、大橋來。二十五圓と云つておいたのを五十圓かしてくれた。
大橋と夕食。
六月二十五日　土
午後、都新聞の第四回「漱石先生の來訪」四枚書いた。都へとどけ、新宿伊せ丹の水谷の演奏會へ廻る。櫻澤が私を探しに來たのとあひ、一緒に三河屋の法政の航研の會へ行つた。
六月二十六日　日
あつし。新潮文庫から出す本と作品社から出す本との目次をつくる。何れも名前未定。
夜、米川文子さん來。
六月二十七日　月
午後、新潮社へ行く。新潮文庫の件なり。大井の文庫の件を取次ぐ。歸りに宮城へ寄つた。
夕、大井來。夕食。
六月二十八日　火
無爲。
夕、大井來。夕食。

六月二十九日　水

午後、宮城の原稿なほし。

厚生閣の月刊文章の原稿「宮城撿挍の文章」三枚書いた。

六月三十日　木

午後、南山の壽、少し續稿。

七月一日　金
夕、大井、谷中、妹尾、大橋來。夕食。吾孫子松鳳女姉《ママ》〔夫婦か〕來。玄關より歸る。
七月二日　土
夜、南山の壽、ほんの少少。
七月三日　日
午後、こひと濱町日本倶樂部の移風會へ行く。歸りに大橋、米川文子來。夕食。
七月四日　月
南山の壽續稿。漸く十枚出來た。こひに届けさして五十圓受取つた。通計三十六枚也。
七月五日　火
午後、小林さんへ行く。成績不良なり。十八貫九百、一ケ月前より二百目ふえた。先日來右手の指に少ししびれあり。尿の反應プラスマイナス。血圧一八五。夕、朝日新聞へ行き、津村に會ふ。出がけに內藤吐天來。玄關にてすます。夕、大井來。夕食す。
七月六日　水
午後、散髮。歸りにかんかん帽を買つた。頭に合ふのが二つあつたから二つ共買つて來た。太田來。唐助の事なり。夕食。
七月七日　木
午後、大井來。夕、多田來。一緒に夕食。唐助の話なり。
七月八日　金
無爲。
夜、村山來。
七月九日　土
午、小林さん。十八貫七百、この間の五日よりは二百目へつた。血圧一八五。尿反應なし。夕、
宮城へよばれて行つた。
MEMO
七月三日
獨り居や梅雨寒や獨り居の窓白々と
七月十日　日
午後、濱田本悠來。村山來。
頭重し。午後、一寸ひるねをした。
七月十一日　月
午後、玄關迄米川文子來。
夕、米川文子氏方の會合に出席。徳川義親侯、正夫、渥美、藤田の諸氏集まる。出がけに大井來。

七月十二日　火

午後、多田來。唐助の件也。

午後、中央公論の俳句を作りかけた。

夜、村山來。

七月十三日　水

昨日に續きて俳句を作る。やつと八句出來た。中央公論の使に渡す。

七月十四日　木

午、小林さん。十八貫六百、九日よりまた百目へつた。尿、反應なし。血圧百八十、少しよくなりかけた。午後、新潮へ行き、八十圓借りた。夜、東日高松來。

夜、こひと四谷通へ散歩。

七月十五日　金

むしあつし。しかし、去年迄の合羽坂よりは、大分涼しいらしい。毎日の氣象臺の發表溫度よりも攝氏二度位づつ低い。

夜、大橋來。

面會日は、今日より九月一日迄やめなり。

七月十六日　土

無爲。

MEMO

七月十二日、十三日
明け易き枕邊の蟻潰しけり
夜の雨露地にしぶきて明易き
短夜の浪光りつつ流れ鳧
炎天の海高まりて島遠し
川の面の赤き日向や雲の峯
雷雲をひたして湖心明かるみぬ
夏雲に岬の松は日蔭なる
若竹や伸びきりて夏の薄月夜

〔「俳句全作品季題別總覽」と異同〕

七月十七日　日
午後、東日の原稿、鬼園横談一回書いた。
午後、村山來。
夕、大井來。夕食。
七月十八日　月
ひる前、大井玄關迄來。
午後、東日高松來。後でもう一度來。原稿を持ち歸る。
午後、鬼園横談第二回を書いた。
七月十九日　火

午後、鬼園横談第三回を書いた。こひに届けさせる。

夜、東日高松來。鬼園横談を後なほ二回續けてくれと云つた。

七月二十日　水
午後、小林さん。十八貫五百、一七〇。尿に反應なし。糖も調べたがなし。

午後、歸つてから鬼園横談一回書いた。東日の使に渡す。

夕、村山玄關迄來。

七月二十一日　木
午後、東日の續鬼園横談第二回を書く。使に渡す。

東炎の「櫨染子」二枚書いた。

七月二十二日　金
午後、臺北師範學校教諭宮本直來。ハワイの新聞に寄稿の件なり。

午後、散髪。

夕、大井來。夕食。

七月二十三日　土
朝、大井全輯百間隨筆を持つて來てくれた。文庫本にする原稿用なり。

新潮文庫にて出す隨筆集の原稿整理。序に作品文庫の分も整理。午後、新潮社へ持つて行つた。

一たん歸つてから、夕方、作品社へもとどけた。自動車を待たせて往復。

七月二十四日　日

無爲。

午後、平野（田中）夫婦來。

夕方より天然自笑軒の河童忌へ行く。

出がけに市ケ谷仲之町のはこやのりやうちやんが來た。

七月二十五日　月
ひるまえ、小林さん。十八貫五百、一八〇。尿よし。

歸りに米川へ寄る。

午後、ひるね。

七月二十六日　火
午前から手紙、はがき等書いた。

午後、先日中、東日に連載した鬼園横談、同續の校訂。

夕食後、一寸うたたねした。

七月二十七日　水
無爲。南山の壽を續けようと思つてゐるけれど、まだとつかからず。

夕食後、こひと二七通〔四谷駅、市ケ谷、九段を結ぶ通り。現在、私立雙葉、大妻女子大、東京家政学院大などが沿道近くにある〕の緣日へ行く。夜、米川文子、那智來。

七月二十八日　木
表の內田の表札を木札にかへた。

ひる前、大井來。

夕、また大井出なほして來。夕食。後で四谷見附まで一緒に散歩に出た。

七月二十九日　金
午後、南山の壽、續稿。

夜、正木昊氏を訪ねた。

七月三十日　土
ひる前、合羽坂の郵便局へ振替のお金を受取りに行き、その歸りに小林さんへ廻る。十八貫四百、一八〇。尿反應あり。

午後、南山の壽續稿。

夜、村山來。

MEMO

　二十四日、天然自笑軒にて
河童忌の夕明りに亂鶯啼けり
亂鶯や夕明りする河童忌の庭
亂鶯や河童忌の庭の夕明り

七月三十一日　日
南山の壽の續稿を書かうと思つたが、つひに成らず。無爲。

八月一日　月
南山の壽、續稿ほんの少しなり。
八月二日　火
午後、南山の壽續稿少少。
午後、村山來。
夜、帝大新聞の原稿を書き始めた。
八月三日　水
ひる前から、帝大新聞の續稿、午過終る。四枚半。「鯉の顏」。
午後、南山の壽續稿、漸く十枚まとめてこひに屆けさせた。五十圓貰つて來た。
八月四日　木
午過、小林さん。十八貫四百五十、一八〇。尿に少し反應あり。概して可ならず。
昨夕、唐助發熱の爲、小林さん往診せられし由。
午後、宮城夫人來。村山の緣談の件也。夜、村山來。
八月五日　金

無爲。夕、村山來。同道して、日本橋若菜の宮城の招待に行つた。歸りに村山寄る。

八月六日　土
午後、ひるね。

夕、大井來。夕食。

八月七日　日
無爲。

午過、ひるね。

八月八日　月
午後、南山の壽、續稿少し。

八月九日　火
ひる前、小林さん。十八貫三六〇、一七五。尿よろし。

午後、南山の壽續稿、八枚まとめてこひに中央公論社へ届けさせる。四十圓貰つて來た。

午後、宮城の松尾來、玄關迄。

八月十日　水
午後、村山來。

夜、宮城夫人玄關迄來。宮城の名曲盤をくれた。

無爲。

八月十一日　木

午後、南山の壽、續稿少し。

夕、神戸から鄭さん來。四年振りの對面の由。後より大橋來。これは約束なり。一緒に夕食。夜、後より淸水淸兵衞來。

八月十二日　金
午後、南山の壽續稿。

夕、鄭、中野來。その自動車にて赤坂の芳柳へ行つて遊んだ。

八月十三日　⑬10　土
朝九時十五分、睡眠中に發作起こり、目がさめたらすぐになほつた。六月五日以來の發作なり。一昨夜に引續き昨夜も遲くなつたので、その爲と思はる。

午後、南山の壽續稿、十枚まとめてこひに持たしてやり五十圓貰つた。

夕、大井來。大橋來。一緒に夕食。

八月十四日　日
午、小林さん。十八貫六五〇、この前より二百九十目もふえたのは變なり。百七十五。尿根跡のみ。

午後、無爲。

八月十五日　月
午後、東炎の原稿「なんざんす」四枚書いた。

夕、正木昊、中公の松下來。

八月十六日　火
おなかの加減わるく無爲。

午後、村山來。

午後、大井、玄關迄來。

八月十七日　水
おなかの加減わるく無爲。

午過、ひるね。

夕、大井來。大橋來。夕食。

八月十八日　木
今年の夏は一躰に凉〔し〕いが、今日は二十七度にて時時雨なり。去年の今日は合羽坂にて三十七度强、九十九度に上り一番暑い日であつた。

午後、村山來。

今日もまだ腹工合わるし。但し、もうなほりかけらしい。無爲。

八月十九日　金
まだ腹加減少しわるし。しかし、なほりかけらしい。

午、小林さん。十八貫三五〇、百八十。尿變りなし（と云ふのは、いつもの程度にて根跡のみ）。

東日東松來て待つてゐた。夜、また來。明日の對談會の用件也。

八月二十日　土

ひる前より迎への自動車にて出かけ、午後迄東日の隣りのエイワン支店にて河崎なつ氏と對談會。

おなかはなほつたらし。

八月二十一日　㉑11　日

午前十一時半頃、一寸したからだの向け工合にて動悸起こる。すぐなほつた。別に不安ではなかつた。

午後、南山の壽續稿。

午後、村山來。

八月二十二日　月

午後、南山の壽、續稿八枚まとめてこひに屆けさし、四十圓貰つて來た。

八月二十三日　火

無爲。午後、村山來。

夕、中央公論の松下、石川達三を伴なひて來。一緒に夕食。

八月二十四日　水

南山の壽の續稿成らず。夕、村山來。

夜、散髮に行つた。

八月二十五日　木

ひる前、村山來。

午過、小林さん。十八貫四百、一七〇。

午后、東日對談會の校正刷をなほす。
八月二十六日　金
午過、太田來。唐助の事なり。
午後、南山の壽、續稿。
夕、大井來。夕食。
八月二十七日　土
ひる前より南山の壽續稿。午後、六枚纏めてこひに屆けさせる。三十圓受取る。午後、東日對談會の校正。
八月二十八日　日
午後、東炎の應募原稿を調べた。
その評を書いた。
八月二十九日　月
ひる前、村山來。
宮城の松尾來、玄關迄。
午後、雜用。
夕、村山再來。
八月三十日　火
無爲。

父、寛法院俊英信士、この戒名も字がしゆんえいのところが違ふらし。祥月命日が今日か明日であつたと思ふ。多分今日だらうと思ふ。三十三年忌ならん。それも法事としては去年であつたかも知れない。今日そのつもりの膳につき、客として大井をよんだ。夜、大森來。

八月三十一日　水

午、小林さん。十八貫四百五十、一八〇。村山來て待つてゐた。

南山の壽を續けようと思つたけれど、書けなかつた。

九月一日　木

午前一時前、大風の音にて目をさました。朝迄大荒れ。一睡もせず。庭の樹が倒れた。朝、一寸うたたね。午後、ひるね。起きてから本所の震災記念堂と石原町とへおまゐりに行つた。夜になつてもまだ電氣ともらず、蠟燭にて食したなりし由。

九月二日　金

午後、南山の壽、續稿。

夜、小日向の大家、平井來。

九月三日　土

午後、改造社俳句三代集の森田章夫來。

午後、南山の壽續稿。

九月四日　日

午後、南山壽續稿、終る。八十七枚なり。四月十四日起稿以來百四十幾日かかつた。

夜、こひと新宿へ行きて、松蟲を三匹買つて來た。

九月五日　月

午前、小林さん。十八貫五百、一七〇。午後、新潮社へ大井の飜譯原稿を持つて行つた。佐藤春夫氏へ廻る。留守。

九月六日　火

早稲田大學新聞の學生來。

午後、村山來。

夕、大井來。夕食。

九月七日　水

午後、東炎の原稿調べ。

夕、大橋來。夕食。

夕、都新聞記者二人來。

九月八日　木

午後、散髪。それから丸ビル中央公論へ行き、松下に會つて用談した。南山の壽の原稿を推敲の爲、全部まとめて借りて來た。

九月九日　金

午後、佐藤春夫氏を訪ふ。

午後、村山來。

夜、都の原稿書き始む。三枚。

九月十日　土

午、小林さん。十八貫四百七十、一七五。

午後、都の續稿、新たに一回と昨夜の續きとにて二回出來た。八枚。

都新聞へ屆けて二十圓借りて來た。三回が出來てから淸算。

九月十一日　⑪12、13　日
午前三時半、睡眠中に發作起こる。一時間十分續いた。誘因心當りなし。昨日少し忙しかつた爲か。前夜十時半寢る前に一寸起こりかけたがすぐなほつた。それが結局ものになつたのか。八月二十一日以來なり。

午後、米川文子氏來。午後三時四十分また發作。二、三分にてなほる。

夕、太田來。大井來。一緒に夕食。

九月十二日　月
午後、都の第三回、醫院の窓三枚半書いた。都へ屆けて、先日のあとの金十圓六十錢受取つた。部長の樫村氏と都の連載小說の相談をした。歸りに新潮社へ寄つた。

九月十三日　火
氣分勝れず。

午後、東炎の應募原稿調べ。

九月十四日　水
午後、宮城の松尾來、玄關迄。

新日本編輯者、同。

夕、村山食事中に來。酒をのます。
午後、新日本の原稿「夏の鼻風邪」五枚書いた。夕方終る。
九月十五日　木
午、小林さん。十八貫四百五十、一七五。
午過、新日本編輯者來。原稿を渡す。無爲。
九月十六日　金
午後、新日本編輯者、稿料を持つて來た。無爲。
九月十七日　土
午後、宮城の松尾來。
午後、東日高松來。
無爲。
MEMO
　佐藤春夫氏漢口行を送る
もろこしの秋晴に入る離陸かな
九月十八日　日
朝、宮城夫人來、玄關迄。
午過、新潮社へ行く。
留守に大井來。エンマコホロギを澤山くれた。かめに入れて飼ふ。

夕、宮城一家が誘ひに來て、銀座の松喜へ夕食に行つた。
九月十九日　月
無爲。
夕、大井來。夕食。
九月二十日　火
午後、改造大森來。
午後、文春オール讀物の原稿六枚書いた。「秋宵撿挍の宴」。
夕、文春吉川來。原稿を渡した。
夕、松尾來、玄關迄。夜、大井來。
九月二十一日　水
午過、小林さん。るすであつたが、十八貫五百五十。無爲。
九月二十二日　木
ひる前、村山來。
無爲。先日來の無爲は新潮社のお金を待つて落ちつかなかつたのだが、終に駄目也。
九月二十三日　金
午過、慶應義塾に大橋古日を訪ひて、三十五圓借りた。歸りに鶴川琴屋へ寄つた。午後、琴の絲かへ。暫らく振りに撫箏。夕、名古屋の平野力、東海道の汽車辨當その他色色の土產を持つて來。後から多田來。後から太田來。みんなで夕食。

九月二十四日　土
午後、おとづれの原稿「落葉の踊」を書き始む。三枚。

午後、散髮に行つて、銀座裏樽平の野上豐一郎氏渡英送別會へ行く。夜、歸りに大井一緒に來。

九月二十五日　日
午、內山基來。多美野と結婚したいから承諾してくれと云つた。承諾も反對もしないから、多美野が二十五才になるのを待つて、そちらで勝手に手續きせよと云ひ渡した。

夕、太田、多田來。唐助の事也。夕食。

二十三日から每日琴をひいてゐるが、一夏ひかなかつたけれど、大分手がきまつて來た。

九月二十六日　月
午、小林さん。十八貫五百、一七五。

午後、「落葉の踊」續稿。松尾來。一たん歸る。改造社へ行く。その留守に松尾來。待つてゐたが歸つた由。改造社から歸つて又續稿終る。六枚半。

夜おそく、太田、多田來。唐助の事也。解決の知らせなり。

九月二十七日　火
午後、夕方近く中央公論松下を訪ふ。留守であつたから、東日に高松を訪ふ。るす。もう一度中央公論に行き、松下と會ふ。るすに大井、松尾來りし由。

夕、出〔出隆〕來。後から大井來。大井は唐助の事也。

九月二十八日　水

無爲。

夕、太田、多田、大井の三人、唐助を伴ひ來る。唐助は一月末以來なり。夕食を供せず、みなすぐに歸る。

九月二十九日　木
忘。何かお金の事にてごたごたし、又忙しかつた様に思ふ。

午後、清水清兵衞のお父さん北原新太郎氏來。清兵衞の緣談成立の報告也。

夕食中、大井來。

九月三十日　金　㉚14
午前四時三十分、睡眠中に結滯起こり、六時十五分迄一時間四十五分續いた。

一日ふらふらなり。

夕、唐助來。一月末以來初めて夕食せり。

十月一日　土
ひる前、村山來。

午、小林さん。十八貫五百、一七〇。尿よろし。

夏ぢゆうやめてゐた面會日を今日より開く。

村山、栗村、大橋來。

十月二日　日
唐助朝より來。大井、太田、多田に御禮に廻らせる。午後、歸り來る。夕食して歸る。夕、大森桐明氏來。

夜、松浦嘉一來。

十月三日　月
朝と午後、海國日本の女記者來、玄關迄。

午後、小日向の家主の平井來。

夕、大橋來。夕食。

九月十日頃、都新聞に連載小說の件につき、希望を話しておいたが、今日電話にて返事をきいたら、駄目との事にて失望す。

十月四日　火
午後、映畫朝日の原稿を書く。十一枚書き上げた。「映畫と想像力」。但し、改題するつもり也。

夕、唐助來。

夕、淸水のお父さん北原氏玄關迄來。こひが會つた。

十月五日　水
午過、朝日へ行き、映畫朝日の原稿を屆けて四十四圓受取つた。

唐助の件の解決のお祝とお禮を兼ねて太田、多田、大井を夕食によぶ。唐助も加はる。唐助はとまつた。

十月六日　木
夕、玄關迄臺南の中川蕃氏、改造の靑山、谷中來。蓄音器なほつて來る。

午過、小林さん。るすであつた。十八貫五百。

無爲。午後、一寸うたたね。

助は昨夜からゐる。夕、小林さんへ挨拶にやる序に藥の使。夕食。

夜、助の友達木藤來。大森桐明來。

十月七日　金
午後、東日高松來、新日本谷崎來。何れも玄關迄。午後、一寸うたたね。

無爲。

十月八日　土

午後、改造三代集の森田來。

午後、秀英舍の大日本印刷へ行き、原稿の件につき、大森と打合せた。歸りに大森桐明に立寄つたがるす。左内坂の下にて會つた。

夏中、下にて仕事をしたが、今日二階の大掃除をさせて二階に上がる。夕、助來。夕食す。改造の原稿書き始む。但し、二階に上がる前也。名月なり。帝大新聞の學生來、玄關迄。

十月九日　日

十二日の大學の座談會の件にて、朝、學生小林正典來。十日ばかり前に小林と瀧崎安之助とその件にて來てゐるのを日記に書き落とした。

午後、改造の原稿續稿。

夕、谷中來。改造の原稿に插繪を入れる件なり。助來。谷中と一緒に夕食。

以下、また以前の如く唐助の夕食は記入せず。

十月十日　月

午前、改造の青山來。

午後、原稿を續ける。「百鬼園浮世談義」十七枚にて書き終る。こひに印刷所秀英舍へとどけさせる。午後、文春、話の車谷弘來。十三日の座談會の件なり。氣が進まないが、文春への義理にて出る事にする。

夕、改造に行き、五十圓受取る。夕、大井來。夕食。

十月十一日　火

午前、小日向の大家、平井來。

午後、小林さん。十八貫五百五十、一七〇。これからは必ずしも毎五日目ではなく、もつと間をあけて、隨時みて貰ひに行く事になつた。藥は使にて貰ふ事にした。つまり、夏以前の通りに返る。

午後、大森桐明を訪ふ。歸りに散髮。夕、助來。

十月十二日　水

午後、村山來。帝大座談會の學生迎へ來り、一緒に行く。るすに多田來りし由。夕、大橋來て待つてゐた。夜、清水清兵衞來。

十月十三日　木

午後、東日の原稿書きかけた。

夕、助來。文藝春秋「話」の座談會に池の端の雨月荘へ行く。歸りに大森桐明へ寄る。十一日に賴んだ素琴先生にお金を借りる件、百五十圓を百圓にして承諾された由。大いに有り難い。

十月十四日　金

午後、連載小說の相談に中外商業新聞へ行く。望み薄し。歸りに岡山から木畑先生が來てゐると云ふ葉書を貰つたから、その宿の內幸町旭館へ廻つた。先生るす。歸つてから間もなく先生來。夕食を奉る。

十月十五日　土

午前、厚生閣の編輯者來。

午後夕方近く、大森桐明來。素琴先生に借りた百圓持つて來てくれた。大森は歸り、大橋、栗村、大井來りて夕食。

MEMO

十月收入

四四、映畫朝日　五日
五〇、改造　十日
一五、學友會座談會　十二日
一五、新聞聯盟　二十四日
九、帝大新聞　二十七日
四四、朝日　三十一日
五〇、都　（前借）　〃
五〇、東日　〃
〆　二七七圓
一〇〇、素琴先生
~~五、村山　すみ~~
三、大井

十月十六日　日

午後、東日の續稿少しばかり。

夕、唐助來。

十月十七日　月

午後、東日續稿終る。七枚。梅葅瑣談。午後、法政大學の澤田龜吉、奥さんを伴ひて玄關迄來。暫らく振りに今日より御精進を始む。毎月十七日一回にきめる。以前は三回であつた。そのお客に大橋來。助、女人の曾彌を伴ひ來る。二月六日以來也。曾彌は歸り、助、精進の膳に加はる。

十月十八日　火

午後、東日に行き、高松に會ふ。梅葅瑣談の原稿渡す。

夕、助來。後から大井來。夕食。

十月十九日　水

午後、米川文子來。大森桐明玄關迄來。米川正夫來。箏をひく。又、米川文子さんを電話にて呼ぶ。一緒に夕食。

十月二十日　木

午、村山來。

無爲。

十月二十一日　金

午後、中公松下來。村山來。待たして、東炎の雜俎の原稿「文章選者の辯」一枚半書いた。

午後、帝大新聞學生二人來、玄關迄。

夕、唐助。

十月二十二日　土
午過、厚生閣の編輯員來、玄關迄。
午後、帝大新聞の原稿「六高以前」六枚書いた。
唐助、午后より來。小林さんへ藥取りと帝大へ原稿を屆けに行かせる。
十月二十三日　日
午後、新聞聯盟の原稿五枚書いた。「六段の調」。
十月二十四日　月
ひる前、村山來、玄關迄。午後から助來。午後、小日向の家の事で大家の小日向水道町の平井へ行く。村山に新聞聯盟へ原稿を屆け、稿料を貰つて來る事をたのむ。平井へ行つてゐるすに、右の件にて村山、正木旲、大森桐明來りし由。夕、村山來、大井來。村山、大井に助を加へて夕食。
十月二十五日　火
午後、內藤隆義初めて來。
午後、朝日の原稿書き始む。
十月二十六日　水
午後、朝日の續稿。昨日の續きにて「漱石蓄音器」三枚半、新たに「宮城名曲盤」三枚半脫稿。
唐助、午後より來。唐助に朝日へ屆けさせる。
十月二十七日　木
午後、小林さんへ行く。不在。

唐助、午後より來。但、夕食前歸る。

夕、法政大學の豫科會の學生來。但、會はず。無爲。但し夜、朝日の第三回腹案成る。

十月二十八日　金
午後、小林さん。十八貫五百、百八十。

京橋の明治製糖に臺南の中川蕃氏を訪ふ。午後より唐助來。

十月二十九日　土
午後、佐藤春夫氏夫人來、玄關迄。臺北の西川滿が來てゐるから來ないかとの迎へなり。後から行く。京橋のすしやへ案内されて麥酒をのんだ。

夕、助來。夜、氣分わるし。

十月三十日　日
朝より氣分惡し。午後、唐助來。

午後、中川蕃氏來。

夜、朝日の第三回「凱旋の歌」を書いた。

十月三十一日　月
お金に困り、錬金に出かけたが、みんな出來た。午過、朝日にて四十二圓、次に東日にて五十圓、それから都にて五十圓、全部前借也。

歸つてから小日向の平井へ二十五圓とどけた。その歸りに四谷へ廻り散髮。

夜、助來。

十一月一日　火

午前、明治製糖の香取任平氏、中川蕃氏の命にて來。午後、俳句研究の鍛代來、玄關迄。

午後、臺北の西川滿來。多田、杉彥をつれて來。正木氏、娘さんをつれて來。

夕、大井、村山、栗村來。夕食。後から大橋、大森來。

助は午後から來てゐたが、夕方去る。

十一月二日　水

机邊雜用。

午後、助來。

十一月三日　木

午後、南山の壽の推敲を始む。但し、今日は半枚。

午後、助來。

昔の天長節なれども、今日は底冷えしてきたならしき雨ふる。

十一月四日　金

午後、村山來。夕、また來。十圓貸してくれた。十日に返す約束なり。

午後、南山壽の推敲。捗らず。

午後、助來。

夕、大井來。助を銀座に御馳走してくれる。夕食を中途にして、大井と助と出かけ、後、助がおみやげのカツレツを携へ歸る。

十一月五日　土
新著の雜誌をめぐつてゐて無爲。午後、厚生閣の編輯來、玄關迄。午後、助來。夕六時前、大きな地震あり。

十一月六日　日
朝、鶴川琴屋に琴の絲を締めさす。

午後、南山壽推敲。

助、來。

夕、大井來。夕食。その席へ出〔出隆〕來。

十一月七日　月
午、新潮長沼來、玄關迄。會はず。

午後、村山來。午後、新潮社へ行き、次の新著の約束成る。同時に二百圓前借を承諾してくれた。

夕、助來。

十一月八日　火
南山壽推敲。

午後、こひを新潮にやりて二百圓受取る。夕、村山來。ついでに先日の十圓返した。
夜、夕食後も南山壽推敲。
十一月九日　水
ひる前、吉田信來。神戸のかまぼこをくれた。午後、南山壽の推敲終る。最後の一章を削つた。夕、その事にて中央公論へ行き、松下に會ふ。るすに太田來りし由。大井、來て待つてゐた。夕食中、助來。大井と日本橋倶樂部の米川文子の會へ行く。歸りに銀座で麥酒と屋臺。
十一月十日　木
無爲。
午後、讀賣新聞河上英一、談話筆記に來。
夕、吉田信、玄關迄來。夜、夕食後、明治生命の講堂に吉田慶子の洋琴をききに行つた。
十一月十一日　金
午、厚生閣の辻森來、玄關迄。
午後、平野止夫の「蓮如上人」出版の交渉の爲、第一書房へ行き、暫くぶりにて秋朱之介に會つた。矢張りその用件にて佐藤春夫氏へ廻つた。それから中央公論へ行く。南山壽が十二月號にのらぬ事になり、新潮の單行本に影響するので大いに困つた。夕、助來。
十一月十二日　土
机邊雜用。
午後、助來。

MEMO
　八日
二百圓　新潮
　十九日
三十圓　スヰート
　二十六日
百圓（借）宮城
　二十八日
十圓　おとづれ
十一月十三日　日
午後、村山來。
午後、唐助來。大井の許に行かせる。夕、歸來。夕、法政大學新聞の學生來。會はず。
十一月十四日　月
朝、新潮の長沼來。玄關にて會ふ。午後、新潮社へ行き、佐藤俊夫君に會ひ、單行本は南山壽を抜いて、矢張り十二月に出す事にきめた。歸りに散髪。
夕、赤坂三河やの東日座談會へ行く。
十一月十五日　火
午後、內藤隆義來。谷中來。大井玄關迄。平野止夫來。

夕、大橋、村山、栗村、妹尾來。谷中を加へてみんな夕食。
十一月十六日　水
午後、厚生閣の國語教育の原稿「五段活用」を書いた。
夕、松下玄關迄來。入浴中にて會はず。今夕招待してあつたことわりなり。助來。その御馳走を片づける。
十一月十七日　木
午後、小林さんへ行く。るす。目方は十八貫五百。
午後、松下來。
夕、助來。大井來。御精進にて夕食。
十一月十八日　金
午後、村山來。東炎の原稿百鬼園俳談義の口述をなす。夕方までかかりて村山夕食。
夕、大井來。夕食せずに歸る。
夕、唐助來。
十一月十九日　土
午後、明治製糖の「スヰート」の原稿、鬼園隨筆、牛、シユークリーム五枚書いた。
それから佐藤春夫氏を訪ふ。多美野の仲人になるとの話あり。ことわる。
十一月二十日　日
午後より出かけて、夜十時過まで西荻窪の米川正夫氏方にて撫箏。

十一月二十一日　月
午、海國日本の女記者來。
午後、小林さん。るす。歸りに米川文子さんの玄關まで寄つた。
午後、村山來。
助來。
十一月二十二日　火
午後、金策の爲、報知新聞と朝日の中野とを訪ふたが、どちらも駄目。
夕、助來。
十一月二十三日　水
午後、內藤吐天、村山來。
夕、櫻澤來。大井來。夕食。
十一月二十四日　木
午後、科學ペン記者來。
厚生閣編輯者來、玄關迄。
東炎の百鬼園俳談義の校訂。
夕、助來。
十一月二十五日　金
午前、日本映畫の編輯者來。

午後、宮城へ行く。夫妻ともるすにて、夕方出なほす。お金の件也。るすに厚生閣來りし由。夕、助來。

夕、大森來。後に村山來。玄關迄。會はず。

十一月二十六日　土
夕方よりこひ發熱三十九度八分なり。夜、小林博士の來診を乞ふ。

午後、唐助來。色色手傳ひさせる。

十一月二十七日　日
こひの熱下らず。

午後、厚生閣玄關迄來。

午後三時半、こひの熱九度九分なり。夕方より下がる。

夕、助來。

十一月二十八日　月
午後、至文堂來。

午後、助來。午後、厚生閣辻森來。玄關迄。夕、國民新聞長田龍來。

夕、宮城の松尾來、玄關迄。

午後、厚生閣月刊文章の原稿書き始む。

十一月二十九日　火
午より續稿終る。五枚。「鬼苑日記」。午後、助來。

十一月三十日　水

ひる前、新潮長沼來。玄關にて會ふ。ペンクラブ記者來、玄關迄。

夕方前より、仁壽講堂の米川の琴の會へ行く。

十二月一日　木

午後、青年と教育の編輯來、玄關迄。會はず。

午後、平野止夫來。

夜、大井來。夜、週刊朝日の原稿書き始む。

今日は面會日なれども、こひ病後の爲、昨日常連に葉書にてことわつたから何人も不來。

十二月二日　金

午後、科學ペン來。

文藝春秋の庄野來。新年號の件也。午後、週刊朝日の原稿「漱石山房の元旦」六枚を書いた。朝日に持つて行つて稿料を貰ふ。夜、米川のおきくさん來。

十二月三日　土

朝、米川のおきくさん來。

ひる前、助來。

午後、久し振りに米川へ行きて、夕方迄琴の練習。

MEMO

二四　週刊朝日　二日
二五〇　新潮　十日
九　厚生閣　十五日
五〇〇　臺南中川氏
一二　國民新聞　二十七日
四八　東日　三十一日

十二月四日　日
午後、明治生命講堂の移風會へ行く。
助來。

十二月五日　月
午後、米川正夫來。桑原會の練習。
今日は、この家に引越した一年目にて、去年手傳つてくれた村山を招待した。夕、來。夕、都新聞小田來。米川文子來。村山、米川兄妹、夕食。

十二月六日　火
午後、米川正夫來。練習。
夕、平野止夫の蓮如上人の件にて、前の厚生閣に行き、百田宗治氏にあふ。

十二月七日　水
午後、今度新潮社から出す單行本の原稿整理。

夜、米川文子さん方へ桑原會の練習に行く。

十二月八日　木

午後、原稿整理續き。夕、村山來。一緒に出る。新潮社に行き、原稿を渡し、お金の事をたのむ。

午後、助來。

夕、法政大學新聞の學生來、玄關迄。

十二月九日　金

午後、荻窪の米川へ行く。桑原會、下さらへの日取を間ちがへた爲也。すぐ歸る。夕、文藝春秋へ原稿締切の打合せに行く。夕、大井來。夕食。

助來。とまる。

十二月十日　土

午後、米川文子さんの家にて桑原會、下さらへ。

助とまる。

十二月十一日　日

午後一時より第三回桑原會。目白の徳川侯邸ホールにて。

夕、新宿たから亭にて慰勞會。二次會は淺草の待合たより。

唐助、麴町六丁目の下宿に落ちつく。試驗勉强の爲也。以後、毎日來るから助來を記入せず。

十二月十二日　月

ひる前、文藝春秋の徳田雅彥來。午後、改造俳句研究の使來、玄關迄。會はず。厚生閣の使、同上。青年と教育の編輯者來。

午後、改造俳句研究の原稿「運座」を書いた。五枚。夕、改造の鍛代來。渡す。

十二月十三日　火
午後、手紙にてつぶれた。

午後、新潮社出版部來。

至文堂來。

夕、大森來。

夜、村山來。

十二月十四日　水
午後、文春原稿書き始む。

午後、文春安藤來、玄關迄。農業大學新聞部學生來、同上。

十二月十五日　木
ひる前、自動車にて佐々木茂索氏を訪ひ玄關にて立ち話。それから共同印刷へ廻つて齋藤龍三郎氏に會つた。文藝春秋原稿延期の件なり。

午後、縣人名簿を作るとか云ふ男二人來。いい加減にて歸す。谷中來。文春庄野來、玄關迄。夕、都新聞小田來。午後より村山來。解釋と鑑賞の原稿口述。夕、大橋、栗村來。村山と一緒に夕食。

十二月十六日　金
夜、東朝、大毎、名古屋新聞等の歳末週間の揮毫をした。

十二月十七日　土
午後、科學ペン來、玄關迄。青年と教育來、同上。至文堂來、同上。

午後、栗村來。

夕、至文堂また來。待たせて原稿を渡す。夕、大井來。一緒に四谷見附三河屋の法政航研の會に行く。歸りに四谷郵便局へ廻つた。夜おそく、名古屋の平野力玄關迄來。唐助、曾彌を伴ひ來り。るすに二人で夕食した。

十二月十八日　日
午後、小城正雄來、玄關迄。

村山來。岩瀬來。

午後より夕方まで、東炎の原稿「廊下」六枚書いた。夕、大井來。夕食。

夜、村山原稿を取りに來。

十二月十九日　月
午後、慶應義塾新聞の學生來。玄關迄。夕方、米川文子氏へ行き、近所の待合、新美好にて桑原會の忘年會。

十二月二十日　火
午後、新潮三島來。

夕、村山來。新潮から出す單行本の追加原稿の件なり。夕、太田來。佐藤春夫の仲人の事を話す。

夕、大井來。

村山、大井夕食。後で唐助と將棋をさしたりして遊んで歸つた。

十二月二十一日　水
齒の所爲か七度少しの熱あり。一旦起きて晝も寢て、夜も早くより寢た。

朝、科學ペン來。會はず。

夕、新潮の使來。

十二月二十二日　木
臺灣の中川氏より來書。五百圓出來た。誠に難有し。

午、村山來。玄關にて會ふ。

午後、農政協會の記者來。玄關。

午後、京橋明治製菓へ行き、中川氏の五百圓受取つた。

十二月二十三日　金
午後、新潮出版部來。

午後、大橋來。夏頃の借金の內、百圓を返し、四谷見附にて晩餐を供す。

十二月二十四日　土
午後、新潮社へ行く。

夕、新潮出版部來。

十二月二十五日　日
午後、小林さんへ行く。暫らく振り也。十八貫二百、一七五。一年飛ばして漸く百圓御禮をした。

午後、村山來。

十二月二十六日　月

夕、小山書店、狐の裁判の撿印に來。

大井、廣島より歸りて來。お土產、吉備團子と靜岡の鰹飯〔静岡県焼津の名産品〕。夕、國民新聞來。夕、中野來。

十二月二十七日　火

午後、大晦日の計算をした。足らずと云ふも愚かなり。

午後、國民新聞の原稿「鶴龜」を書いた。六枚。ち江に届けさせる。

夕、大橋來、玄關迄。

夜、大阪朝日新聞の原稿「師走の琴」四枚書き終る。

十二月二十八日　水

朝、新潮來、玄關迄。會はず。

午後、村山來。

午後、新潮來。

夕、太田來。夕食。

十二月二十九日　木

午過、大森來。後から村山來。

夕、新橋、泰萃樓の東炎の忘年會へ行く。

十二月三十日　金

例年の通り、越年の計成らず。前から頼んでおいた事はみな駄目になつた。午後、妹尾に相談して見ようかと思ひつき、日本橋の住友ビルへ行つたが、引けた後なり。一旦歸り、苦慮千萬の後、東日の久米に頼む事にした。幸ひにしてきいてくれて誠に有り難い。しかし、お金を受取るのは一月七日なり。それでも見當がついたからそれにて越年する事にして、こひ大いに活動を始む。

十二月三十一日　土

午後、東日の原稿一回。惡巫山戲を書いた。午後、文春庄野來、玄關迄。

昭和十四年〔文藝手帖〕

一月一日　日
遲起。無爲。いい御正月也。夜は、唐助と將棋をさして遊んだ。
一月二日　月
午、正木昊《ひろし》氏來、年賀ならん。玄關迄。會はず。午後、平野力夫妻子供を連れて年賀に來、玄關迄。
夜は、早寢。
一月三日　火
午後、先日來やつてゐる今度の新刊、鬼苑横談の校正をした。
一月四日　水
午、正木昊氏玄關迄來。林檎と梨をくれた。午後、校正。
夕、二日から毎夕一日づつ書いてゐた岡山の合同新聞の原稿「三ケ日」を書いて終つた。四枚。
一月五日　木

午後、村山來。

暫らくぶりに黒須來。

校正。

夕、小林博士來。寒雀の御招待也。夜、又宴中に米川文子來。同座す。

一月六日　金
午後、校正。

午後、栗村來。

夜、大晦日に書きかけた東日の原稿の第二回を書きかけた。

一月七日　土
午後、昨夜の續稿「下宿屋の正月」。

續いて第三回を書く。「居留守」。

原稿を屆け旁《かたがた》東日に行き、暮の三十日に頼んでおいた久米の三百圓を借りて來た。これで大晦日の拂ひの殘りをすます也。夕、大森桐明、大橋、村山、秋田の小島、岸部來。夕食。夕方、暫らく振りに中野が來たけれど、東炎の連中を招待してゐたのでことわつた。

一月八日　日
午後、手紙、はかき。

夕、出隆來。御飯はすんでゐると云つて一緒に食膳に坐る。

一月九日　月

ひる前、日本ギクターの篠崎正來。
午後、日本映畫谷山蕃來。
午後、安孫子荻聲來。
無爲。
一月十日　火
午、栗村來、玄關迄。會はず。東炎の原稿の件也。
午後、改造、青山來。
校正。
一月十一日　水
午後、校正。
二三日前より都の原稿を書かうと思つてゐるが、未だ纏らぬ。
一月十二日　木
午後、村山來。
夕、大井來。夕食。
一月十三日　金
午、村山來。
午後、東宝映畫の藤本來。
夕、明治製菓スキートの原稿「漱石斷章」二枚半書いた。

一月十四日　土
校正少少。
無爲。
MEMO
（前借）
三〇〇　東日久米
六　俳句研究
五　解釋と鑑賞
一六　大朝
一〇〇　新潮社　　十八日
三〇　スヰート　二十日
一月十五日　日
午、宮城夫人、吉田晴風玄關迄來。林檎の箱をくれた。
午過、平野止夫來。午後、安孫子荻聲來。撫箏のスケツチをした。
夕、村山、栗村來。夕食。
一月十六日　月
校正。
午後、東宝二人來。

夕、村山來。
一月十七日　火
午後、散髮に行つたが休みであつた。新潮社へ廻る。
午後、太田來。
夕、大井來。夕食。その席に、夜、村山來。
一月十八日　水
午後、十二月以來暫らく振りに散髮。
午後より雪。
一月十九日　木
校正。
夕、東宝三人來。
一月二十日　金
午、村山來。先日頼んでおいた所書印刷の封筒五百枚、私製はかき五百枚出來、持つて來てくれた。
校正。
一月二十一日　土
午、村山來。
午後、東宝二人來。

音樂學校の學友會の邦樂演奏會へ行く。

夕、唐助友達の曾彌を伴なひ來る。大井來。一緒に夕食。夜、中野來。玄關から歸つた。

一月二十二日　日
午後、校正。

午後、明治生命の講堂に行く。移風會。

村山と會ひ、一緒に歸りて夕食。

一月二十三日　月
午、栗村來、玄關迄。村山に頼んだ藥の件なり。會はず。

午後、校正漸く終る。

夕、都新聞、小田來。

夜、村山來。

東炎の原稿「素絹」を夕方より書き始め、夜も書いて終る。四枚。

一月二十四日　火
午後、都新聞の原稿「飛行場の寫眞屋」四枚書いた。

夕、東炎の森、原稿を取りに來。

一月二十五日　水
午過、新潮社の三島、裝幀の件にて玄關迄來。

午後、都原稿第二回「白山下」四枚書いた。夜、中野と熊川良太郎來。一緒に出て中野の行きつけの赤坂芳柳へ行つた。
一月二十六日　木
午後、都の第三回「片腕」三枚半書いた。
一月二十七日　金
午後、都の第四回「紹介状」四枚書いた。
一月二十八日　土
几邊雜用。
夕、大井來。夕食。
一月二十九日　日
午後、サンデー毎日の原稿書き始む。三枚。
一月三十日　月
先日來の風〔風邪〕氣、喘息に下りて來て苦し。
夕、中公松下來。
夜、就床後、苦しくて小林博士の來診を乞ふ。
一月三十一日　火
喘息、夕方より少しらくになつた。

二月一日　水
喘息、下り頃なり。

午、米川文子來、玄關迄。

午後、栗村來。

午後、安孫子荻聲來。

夕、大森桐明來。妹尾、大橋、栗村來。夕食。後から、平野止夫來。村山來。

二月二日　木
午後、村山來。

午後、東宝二人來。シナリオを書きなほして來た。通讀の上、映畫化に承諾を與ふ。

午後、大橋。夕、再來。夕食。

夜、太田來。去年來の佐藤春夫仲人の件なり。惡化す。既におそし。喘息まだ苦し。

二月三日　金
午後、四谷郵便局によりて散髪。宮城へ廻り、一昨年の暮に宮城出入りの鶴川から持つて來た琴の代九十圓の內、五十圓拂つた。夕、大井、汽車辨當を持つて來てくれた。それを食べて仁壽講堂の米川文子の會へ行く。歸りに村山、大井、河東と共に、梅林と云ふ銀座の豚カツ屋へ行つた。
二月四日　土
昨夜の外出がさはつて、又風邪がぶり返したらしい。熱あり。
無爲。

MEMO

三百圓　東宝　　二日
五十圓　新潮　　十三日
二百圓　明治製菓　十七日
　　　　　　　　十八日

二月五日　日
熱あり。夕、七度一分。夜、就床前八度。

午後、米川文子さん來。村山來。

無爲。

先日來、ち江も病氣也。

二月六日　⑥１　月
午前、日本映畫の谷山來、玄關迄。會はず。夕、大井來。すぐ歸る。

熱あり。無爲。

午後三時、極めて輕微。云ふに足らぬ程なれど、はつきりした形にて發作起こる。すぐに數秒にてなほつた。去年の九月三十日以來なり。
二月七日　火
午後、文春垣田來、玄關迄。
夕、宮城へ行く。夕食、夜おそくなつた。宮城が琴の爪入れをくれた。
二月八日　水
朝、まだ熱七度あり。しかし喘息はよくなつたらしい。
午後、村山來。
夕、中野來。夕食。
二月九日　木
午前、村山來、玄關迄。會はず。栗村來、同上。
夕、大井來。夕食。
二月十日　金
午前、中公松下、玄關迄來。南山壽の校正を持つて來た。
夕、東宝來、玄關迄。
二月十一日　土
午後、岩せ來。夜までゐる。
午後、村山來。
午後、南山壽校正。

夕、米川文子宅の宴會に行き、歸りに吾孫子夫妻を自動車で家まで送つた。

二月十二日　日

昨夜遲くなつたのと飲み過ぎにて氣分わるし。

午後、東炎にやる原稿「斷章」を讀み返したり、高山文子、栗村の原稿等を讀んだ。「斷章」は南山壽の最後の第十一章なり。推敲の時削つた斷片なり。

二月十三日　月

午後、小林さん。十八貫百、一七二。概してよろし。

午後、村山來。

夕、新潮社へ行く。

二月十四日　火

午後、村山來。

午後、散髮。

几邊雜用。

二月十五日　水

朝、雪也。

午後、ち江と新宿廣小路へ馬肉を買ひに行つた。四百目買つた。

夕、馬肉の御馳走也。谷中、大橋、栗村、村山、妹尾、大井、大森に唐助と私にて九人にて馬を食つた。

二月十六日　木

無爲。

二月十七日　金

午後、明治製糖へ行き、香取氏に會ひて、二百圓の錬金成る。中川蕃氏の芳志也。今日百圓貰つて來た。明日、百圓届けてくれる筈也。

几邊雜用。

二月十八日　土

朝、明治製菓の竹內來、玄關迄。會はず。昨日、香取氏に賴んでおいた後の百圓届けてくれた。

午後、文春、話の「琴曲の名人」の原稿書きかけた。

午後、村山さそひに來。ち江をつれて三人で日比谷公會堂の都新聞の三曲の會へ行く。夕方七時過、歸る。村山も寄りて夕食。

二月十九日　日

昨日の文春「話」の續稿終る。午後、村山來。

二月二十日　月

「鬼苑橫談」の寄贈本の發送票の名宛を昨夜と今日午后とかかつて書き上げた。今度は少し奮發して七十五册也。

二月二十一日　火

午後、新潮社へ行き、鬼苑橫談の寄贈本に署名した。

二月二十二日　水
午後、平野止夫の小説の出版の件にて講談社へ行き、東日に廻り、歸りに米川文子へ寄り、夕飯の麥酒が長くなつて、しまひに近所の新みよしへ行き、遲く歸つた。
二月二十三日　木
几邊雜用。
東日の新禮法についての原稿一枚半書いた。
夕、大井來。夕食。
二月二十四日　金
午後、東日、久住來、玄關迄。昨日の原稿を渡す。
無爲。
夜、村山來。お膳に通す。
夜、小山二郎來。
二月二十五日　土
夕、米川文子さん來。夕食。
二月二十六日　日
新風土の原稿「五百羅漢」三枚書いた。
夕、出〔出隆〕來。夕食。
二月二十七日　月

午後、新潮へ行く。一旦歸つて都新聞へ行く。お金を借りる件也。

二月二十八日　火

几邊雜用。午、電話にて昨日の都新聞の件成らず。こひ、質やへ行く。

三月一日　水

新潮社の鬼苑横談の増刷の話、未だ決定せず。午、電話にて返事をきいたが、まだ樣子を見るとの事にて、大いにお金に困る。

夕、栗村、村山、大井、大森來。恆例の夕食。

三月二日　木

午後、散髪。安孫子荻聲待つてゐた。寫生して歸る。

夜、村山來。

三月三日　金

午後、村山來。

青木昌吉先生の葬式に行つた。

夕、大橋來。夕食。

昨日から二日がかりにて、こひが二十二色のぐを入れた岡山ずしを造つた。宮城、米川文子等にくばつたが、ち江が昨日から寢てゐるので忙しかつた。

三月四日　土

午前、講談社出版部の中島隆太郎來。平野の原稿の件なり。ことわられた。

午後、伊藤松雄初めて來。上演の件也。夕、太田來。夕食。宮城、おとづれのだれか玄關迄來。

會はず。夜、大森來。

三月五日　日
午後、正木昊《ひろし》氏來。

午後、几邊雜用。

三月六日　月
午後、栗村來、玄關迄。

午後、おとづれの宮城の原稿直し。

午後、新漫畫家集團と云ふ者來、玄關でことわる。

夕、唐助をつれて井本健作氏を訪ふ。唐助の靜岡行の件也。それから學士會館のフロレンツ追悼
の相談會行く。歸つて夕食。村山來てゐた。

三月七日　火
午後、几邊雜用。

三月八日　水
午後、宮城の小野、おとづれの用件にて來、玄關迄。

午後、この次の本に入れる座談抄の新聞切拔をした。

その他、几邊雜用。夕、去る一月二十九日に書きかけた原稿の續稿。サンデー毎日は既にだめ。

東炎にやるつもり也。
三月九日　木
午後、村山來。
午後、大阪ビルに西河謙吉を訪ふ。菊島の病氣と金矢との件也。それから、六本木樂滿の東炎の會に行く。席上、辰野隆氏より郵便會社囑託の話あり。
三月十日　金
午後、新潮の三島來。
午後、一昨日の原稿續けて終る。六枚。「宿酲」。
夕、大井、村山來。夕食。
三月十一日　土
午後、新潮の原稿を書き始む。
夕、大橋來。岡山から來た畫川の白魚にて夕食。
三月十二日　日
午後、村山來。
午後、續稿。捗らず。
三月十三日　月
午過、新潮社へ行き、唐助の靜岡行きの費用その他にて、七十圓前借した。
三月十四日　火

唐助、靜岡高校受驗の爲、朝、出發す。村山に同行を頼んだので、朝來。
夕、日本橋住友ビルに妹尾を訪ねたが、引けた後であつた。
三月十五日　水
午後、平野止夫來。宮城の松尾來、玄關迄。
夕、栗村來。夕食。
三月十六日　木
ひる前、日本映畫、谷山來。
午後、村山來。
几邊雜用。
三月十七日　金
久吉の祥月命日也。一日中、琴をひいた。
午後、村山來。
夜、唐助靜岡より歸來。
三月十八日　土
午後、洋服屋のろくちやん來。合著の背廣をあつらへた。
夜、村山來。

MEMO

三月

十三日　七〇　新潮社
二十日　三〇〇　東宝
五〇　右掲載料
三十日　二〇〇　新潮社

三月十九日　日
午後、「河原鶸」を書きかけた。
三月二十日　月
午後、伊藤松雄來。後から東宝の齋藤來。原作料三百圓とその脚本を大衆雑誌にのせる掲載料五十圓と貰つた。
夜、大井の送別會を日比谷三信ビルの東洋軒でした。その爲、夕方、大井、村山來。唐助、ち江同伴。三信ビルから甚平へ寄つた。
三月二十一日　火
午後、岩瀬來。夕食。
夕方、東日へ行つた。
夕、大井。玄關迄袂別に來。明夜出發。廣島地方幼年學校に赴任する。
三月二十二日　水
朝、東宝映畫の藤本來、玄關迄。切符を持つて來て、原作料の追加としてではなく、御禮の意味にてもう百圓とどけると云つた。」

午後、唐助の成績發表を見に靜岡へ行く。發表遲れて見ずに歸る。驛にて大井を見送りに行つた連中に會ふ。唐助と精養軒食堂にて麥酒を飲んで歸る。第一次の發表に合格してゐたら電報を打つて貰ふ事になつてゐた。電報終に不來。唐助は本年も高等學校に入れなかつた。るすに東日、太田、村山來りし由。

三月二十三日　木

午後、村山來。

小日向の、みの病氣につき、唐助に小林博士を賴んで往診を乞はしむ。

夕、十九日に一寸書きかけた河原鶸の續稿。

夕、辰野隆氏玄關迄來。郵船會社の囑託の件なり。

三月二十四日　金

午、河原鶸續稿終る。六枚。午後、東日にとどける。歸りに散髮。留守にサンデー毎日の山口、米川の水谷來りし由。村山來てゐた。村山をおいて精養軒の宮城の松尾淸二の結婚披露に行く。唐助歸らず。

三月二十五日　土

午後、明治講堂の移風會に行く。大橋とあひ一緒に歸りて夕食。唐助歸らず。

三月二十六日　日

午後、松尾夫婦挨拶に來、玄關迄。會はず。唐助また去年の樣に家出した。心配。

三月二十七日　月

午後、松尾來、玄關迄。明夜の招待の件也。午後、奥脇夫婦と信ちやんとおそろひにて來。母子は夕方歸り、奥脇は殘りて夕食。

午後、村山來。玄關にて去る。大橋來。同上。夜また村山來。奥脇の席に一緒になる。

三月二十八日　火

午後、新青年片桐來。

午後、大森桐明來。夕、松尾の迎にて丸の內會館へ行き、宮城等と會食す。松尾の招待なり。

留守に東宝齊藤來りし由。

三月二十九日　水

朝、小城來。寢てゐて會はず。

午後、東宝齋藤來。午後、村山來。

午後、宮城へ行く。東宝四月興行の琴の件なり。宮城の古川にひかせる事にきまる。

午後、辰野隆氏來。新潮社の使來、玄關迄。夕、又村山來。唐助の事で來てもらつた。

三月三十日　木

ひる前、みの來。初めて也。明日出なほして來させる事にして、玄關にて歸す。

午後、村山來。東宝の齋藤來、玄關迄。

新潮社に行き、今度急に出す事になつた「頰白先生と百鬼園先生」の印稅二百圓前借したことで、みのの滯納の月謝全部すむ。安心した。夜、大橋來。

三月三十一日　金

午前、みの來。

午前、東宝の齋藤來、玄關迄。會はず。

午後、村山來。一緒に日比谷有樂座の「百鬼園先生」の舞臺稽古に行く。その間に、有樂座より朝日新聞へ行つて、津村に會つた。夕、村山と一緒に歸りて夕食。

四月一日　土

午後、村山來。

午後、日本郵船の小倉鋼一氏來。郵船の囑託の件いよいよきまる事になつた。午後半日づつ。但し水曜か木曜かは休みとして二百圓の手當也。

午後、栗村來。安孫子荻聲來。撫箏之圖を持つて來て見せてくれた。玄關迄宮城夫人外二人來。

夕、村山、大橋、妹尾來。栗村を加へて恆例の夕食。

四月二日　日

午前、村山來、勝手口迄。みのの先生の家へ使に行つてくれたが、留守だつたので今夕出なほすと云ふ連絡也。ひる前、みの來。

午後、几邊雜用。

夕、米川文子さん來。夕食。後から村山來。同席す。

四月三日　月

朝、みの來、玄關迄。ねてゐたからこひに取次がして會はず。午後、厚生閣來、玄關迄。

午後、几邊雜用。

四月四日　火
午後、村山來。新潮から出す「頬白先生と百鬼園先生」の編纂を手傳つてくれて終る。

午後、新潮社へ行き、その原稿を渡した。歸りに正木昊氏を訪ふ。不在。その本の裝釘の件なり。

夕、岩瀬來。夕食。

四月五日　水
朝、寢てゐる內に小城玄關迄來。

午後、村山來。

午後、正木氏を訪ふ。昨日の件也。

新潮社へ行き、二百五十圓受取つた。印稅の前借也。

四月六日　木
午前、新潮長沼來、玄關迄。

午后、暫らく振りにて小林さん。十八貫三百、一八〇。尿蛋白なし。それから三越へ廻りてキツドの深護謨の靴をあつらへた。三十一圓也。カラ手套など買ひて歸る。

留守に飯田彥馬來りし由。

夕、村山來。こひ、ち江を有樂座にやつた留守に來てくれたのである。村山と夕食。夜、岩瀨、こひ、ち江と共に歸來。

四月七日　金
午後、新潮社長沼玄關迄來。裝釘の件也。

几邊雜用。

散髪に行きて東京會館の夏目純一さんの歸朝のお祝の會へ廻る。

歸つて見たら新京の北村三郎が來てゐた。

四月八日　土

午前、東宝映畫の藤本來。謝禮金百圓の小切手を持つて來た。玄關迄。

午后、新潮長沼來、玄關迄。

午后、正木昊氏を訪ひ、裝釘のお禮を述べた。夕、北村三郎、一寸來。唐助の件なり。

MEMO

四月

二五〇	五日	新潮社
一〇〇	八日	東宝映畫
三〇	〃日	米川文子氏よりお祝
一三二、九〇	十九日	新潮
一〇	二十六日	岩波
二〇〇	二十七日	新潮（前借）
四六、六七	二十七日	郵船

〆

七六九、五七

722.90
46.67
769.57

四月九日　日
午過、宮城一家自動車にて誘ひに來。一緒に數寄屋橋のニューグランドへ行く。その後、銀座を歩く。松屋にて南蠻鐵の握りに彫りのあるステッキを買ふ。米川文子さんのお祝にて買つた。歸りに米川へよる。不在。夜、村山來。
四月十日　月
夕、新潮社へ行く。
夜、中央公論の松下等、雨宮氏を伴ひて誘ひに來。一緒に神樂坂の待合へ行つた。
四月十一日　火
今日よりち江、杵屋六一郎へ稽古に行き始む。
午前、新潮の佐藤俊夫氏來。初めて也。
午後、村山來。
午後、「頰白先生と百鬼園先生」の百鬼園先生言行錄の削除をした。
夕、三郎來。夕食。
四月十二日　水
ひる前、婦人公論村上早苗來、玄關迄。午後、山形縣黑澤秀峯來、玄關迄。

午後、村山來。

出〔出隆〕、岩波の藤川を伴ひて來。

夜、村山再來。

四月十三日　木

午後、中公の清水一繼來。

午後、新潮長沼來、玄關迄。

四月十四日　金

昨日から頭痛く重し。

大掃除。午、「頼白先生と百鬼園先生」の序文を書いた。

午過、村山來。

午後、東炎雜俎の原稿散財將棋を書いた。三枚。北村三郎來。一緒に有樂座へ行き、「百鬼園先生」を見た。歸りにエイワンにて夕食。三郎送つて來た。

四月十五日　土

午、谷中來。

午後、村山來、平野止夫來。

夕、村山再來。栗村來。谷中再來。恆例の夕食。

四月十六日　日

午後、一寸ひるね。

無爲。

四月十七日　月
午前、小城正雄來、玄關迄。午後、散髮。午後、村山來、玄關迄。東京にて教員の就職がきまつた由。明晩、お祝をする事を約す。

新調の洋服、靴、ステッキにて銀座松坂屋の院友展覽會に安孫子荻聲の撫箏圖を見に行つた。プレイガイドにて今晩の鈴本の切符を買つて來た。

夕、三田新聞の學生來。會はず。

夕、三郎來。こひと三人にて上野鈴本亭へ小勝をききに行つた。夜、歸りに三郎寄る。

四月十八日　火
頭重し。

午後、青木昌吉先生の追悼文を書き始めた。大學の雜誌「獨逸文學」の原稿也。

午後、新潮出版部來、玄關迄。

夕、村山來。就職のお祝の夕食。

四月十九日　水
ひる前、因の島の村上芳樹先生來。おひるの鮨を供す。ひる前、郵船小倉氏來。月曜より出社する事にした。

午後、新潮社へ行き、「頰白先生と百鬼園先生」の印税の殘りを受取つた。大學に廻り、原稿の件にて小城に會つた。三越へ行き、銀座三越へ廻つた。

夕、有樂座に行きて、村上先生親娘を迎へ、エイワンに招待した。

四月二十日　木
午後、日本郵船へ初めて行く。挨拶の爲也。部屋を一つくれた。自分の仕事の上にも都合よかる可し。午後、十八日書き始めた原稿を續ける。「靑木先生の教訓」。八枚終る。

夕、小城來。

夕、出〔出隆〕來。

夕、村山來、玄關迄。

四月二十一日　金
朝、小城原稿を取りに來た。玄關迄。

ひる前、三郎來。ち江をさそつて活動に行く。午後、二階の書齋片附。

夕、村山來。三郎歸來。一緒に夕食。

四月二十二日　土
午後、改造橘谷來。

無爲。出〔出隆〕の空點房雜記の紹介文を書かうとして成らず。

四月二十三日　日
午後、出〔出隆〕の空點房雜記にちなんだ原稿書き始む。三枚半書いた。岩波の「圖書」の爲也。

夕、大森、村山さそひに來。一緒に自動車にて木挽町の小松屋に中塚響也を訪ふ。蹄花、吐天と落ち合つた。

四月二十四日　月
朝、岩波の圖書より來、玄關迄。
午、郵船に出社。今日が初め也。夕、歸つてから岩波の圖書の原稿の續きをかいた。「空點房雜記の著者」四枚半。夜、岩波の使、原稿を取りに來。
四月二十五日　火
靖國神社の祭にて、郵船は休み也。午後、二階の大掃除をさせる。
机の位置をかへた。
夜、出〔出隆〕來。後から奥さん、子供も來。
四月二十六日　水
今日は、郵船へ行かぬ日也。
朝、岩波の使、稿料十圓を届けに來。
午後、三郎、一寸來る。
午後、長い間たまつてゐた書債をはたす。夜、村山來。
四月二十七日　木
午、出かけようと思つたら、春雷。少し小やみになつてから出社。北村三郎、會社へ訪ねて來。
今夜、母親を伴ひて新京へ歸る也。會社の歸りに新潮社へ寄り、二百圓前借した。夜、村山來。
四月二十八日　金
午、明治製菓に寄りて郵船に出社す。午後、丸ビルへ行つて中央公論の松下を訪ねたが不在。

四月二十九日　土
午後、みの來。
夕、米川文子さん來。村山、玄關迄來。多田、玄關迄來。米川文子さんを案內してこひと新橋橋善へ行つたが、滿員だつたので、自笑軒へ行つた。こひは初めて也。
四月三十日　日
午後、几邊雜用。
午後、散髮に行き、それより夕六時からの上野精養軒獨逸文學懇話會へ廻つた。

五月一日　月

午前、大學佛蘭西文學研究室に辰野氏を訪ねた。それから、築地聖路加病院に宮城を見舞ふ。それから出社。會社にて、明治製菓のスヰートの原稿「牛乳」の下書をした。丸ビルへ行つた。

夕、歸つたら栗村待つてゐた。後から大橋、村山來。恆例の夕食。るすに櫻澤、改造の寺尾來りし由。

五月二日　火

午後、出社。

會社の部屋にてスヰートの原稿牛乳を書き終つた。四枚。

夕、五時より早く會社を出て明治製菓に香取氏を訪ひ、原稿を渡した。

五月三日　水

郵船に出社せぬ日也。午後、大阪ビルに西河を訪ひ、菊島の家へ電車で行く道筋を教はつて行く。先月十七日に死んだ菊島の細君豐子の吊禮〔弔礼〕の爲なり。行つて見たら病氣だとはきいてゐたが、本人の菊島が一目見てあぶないと思はれた。歸りに又西河の所へより、山下も呼んで相談した。明日、菊島の勤先の勸業銀行へ行く事にした。

五月四日　木
　ひる前、出社前に大阪ビルへ行き、西河に會ふ。山下を待つてレンボーグリルにて晝食。山下と郵船會社に來て、部屋を開けておいて、一緒に勸業銀行へ行き、菊島の課の人達と會ふ。菊島の療養の件なり。それから郵船に歸る。夕方歸りに、その件にて澁谷の遠山氏方へ廻らうと思つてゐたら、山下より電話にて菊島危篤の由知らせて來た。萬事休す。夕、會社から菊島の家へ行く。六時前についたが、五時十五分頃脈がなくなつた由。昨日の病苦の顏に引き換へて非常に美しい顏をして死んでゐた。眉が殊更美しかつた。もう仕方がないと思つた。夜に入つて、歸途西河に會ひ、長原の驛で待ち合はせて、代々木迄一緒に歸つた。留守に帝大の學生來りし由。又、會社へ午前中に田代三千稔來りし由。午後、會社へ藤田鈴朗來。
五月五日　金
　午前、法學部綠會の學生内海、高瀨、高田來。座談會の件也。
　午後、出社。
　午後、西河より電話にて、午後四時菊島を燒く由知らせて來た。出かけて行く事をやめて、その時刻に希夷公の冥福を祈つた。
　夕、村山を招いてあつたら、大橋その前に來。一緒に夕食。
五月六日　土
　午後、會社へ山下來。菊島の事也。
五月七日　日

午後、ち江、自動車にて迎へに行きて、吾孫子松鳳來。新青柳の後の手事をさらへて貰つた。今度の桑原會の爲也。夕食には米川文子さんも招く。夜、吾孫子夫人來。

五月八日　月

午後、郵船を早引けして菊島の葬式に行く。

夕、唐助、濱松より歸り來る。三月二十四日以來也。

夜、村山來。

五月九日　火

朝十時半、動悸起こりかけた。しかし、物にはならなかつたが驚いた。

午、唐助を連れて出社。部屋を見せる。夕、大阪ビル西河の所へ行く。後から來た岡と三人にて夕食。レンボーグリルにて。」

そこへ後から濱地、山下來。みんなそろつて家に來る。菊島の死んだ後の相談也。るすに小城、改造の寺尾來りし由。

五月十日　水

郵船の休日。

午後、學生が迎へに來て一緒に帝大法學部綠會の座談會に行く。夕、歸來。

五月十一日　木

午後、郵船に田代三千稔來。

夕、村山來。夕食。

五月十二日　金

午後、會社に濱地來。

夕、歸りに自動車にて秀英舍の大日本印刷へ廻り、改造の編輯者にあひ、待たせた自動車にて歸る。

備後因の島の村上先生から來た濱燒の鯛にて小林博士を招待す。夕刻、小林さん來。」

今日の改造編輯者との話にて向後六ケ月毎月書く事になつた。

五月十三日　土

朝、出社前に改造の原稿十枚舞臺稽古を書いた。午後、改造の寺尾來。午過、脫稿して使に渡す。少しく遲れて出社す。

五月十四日　日

夜、中野、上野で拾つた小鳥の子を持つて來。（翌朝、落鳥となつてゐた。）

午後、米川文子さんの許に行く。桑原會の相談なり。豫定より一週間のびて六月四日にきまる。渥美、藤田、吾孫子、米川正夫諸君と麥酒をのみ、夜に及び、近所の新みよしへ行つた。

五月十五日　月

午後、郵船で散髮した。數年來、戶谷以外では初めて也。

午後、郵船へ新靑年の相澤來。

夕、洋服屋の六ちやん來。夏服をあつらへた。宮城の小野、玄關迄來。

栗村、村山來。恆例の夕食。

五月十六日　火

夕、みの來てゐた。

夕、山下忠雄、西河謙吉、岡保次郎、濱地常勝來。菊島の遺子の事、その他の相談也。あとで一緒に夕食。

五月十七日　水

郵船に行かぬ日なり。

午後、ち江を吾孫子松鳳氏の迎へにやる。

桑原會のおさらへの爲也。夕、吾孫子と夕食。夜、吾孫子夫人迎へに來。自動車にて送る。

五月十八日　木

朝、婦人公論女記者來、玄關迄。會はず。

午後、郵船へ大橋來。

夕、歸りにエイワンへ二十三日の招待の打合せに寄る。

五月十九日　金

出社前、日本橋博文館へ行き、新青年の片桐に會ふ。原稿一ケ月延期の爲也。それから、新潮社へ廻り、百圓前借の諒解を得て一旦家に歸り、出なほして郵船へ行く。

夕、歸つてから神樂坂の金子冨三郎へ行く。るすに、みの來りし由。

五月二十日　土

ひる前、戸谷へ散髪に行きて出社。

夕、歸つて見たら山名重憲が來てゐた。るすに、みの來りし由。

MEMO

五月

三五　改造　十五日

一〇〇　新潮　十九日

二〇〇　郵船　二十五日

三六　報知　三十一日

〆　三七一

五月二十一日　日

午前、婦人公論來りて寫眞を取つて行つた。

午後、明治講堂移風會へ行く。それから夕刻五時よりの神田一ツ橋學士會館フローレンツ追悼記念會へ廻つた。

五月二十二日　月

午前、婦人公論女記者二回來、玄關迄。夜、村山來。

五月二十三日　火

夕、歸りに西銀座のエイワンへ廻る。

郵船の件にて、東炎及辰野氏を招待した晩餐會也。大橋、辰野、內藤、大森、村山、栗村、志田來。

歸りに東炎の相談にて、志田、大森、內藤、大橋、村山とＡ１の近所のソーダフアウンテンに寄る。

五月二十四日　水
今日は、休みの日也。

午後、小林さんへ行く。十八貫四百、一八五。尿に反應の痕跡あり。

午後、吾孫子松鳳を迎ふ。桑原會のおさらへ也。

午後、郵船船客課の窪田社用にて來。

五月二十五日　木
午後、郵船へ婦人公論の使來。

夕、村山來。夕食。

夕、みの來。

五月二十六日　金
ひる前、出社の途中、東日へ寄り、綾井に會ふ。桑原會の會場を東日會館の公演場にしようかと思ふ、その相談也。午後、郵船より丸ビルへ行つて中央公論に松下を訪ねたが不在。唐助、明日よりまた濱松へ行くと云つて來た。

五月二十七日　土
午後、郵船へ中公松下來。新青年相澤來。

夕、郵船の歸りに仁壽講堂の米川双調會へ廻る。

MEMO
みの　二十五日　30
　　　三十一日　15

五月二十八日　日

午後、吾孫子來。琴のおさらへ。夕食して、夜、自動車にて送る。

五月二十九日　月

午前、出社前に報知新聞の原稿一回フローレンツ博士（上）を書いた。夕、栗村、郵船へ來。一緒に歸る。村山來。今日は誕生日なり。夜、出〔出隆〕來る。みんなと一緒に卓につく。夕、みの來。夕、六ちゃん夏服の假縫を持つて來。るすに婦人公論と報知との使來りし由。

五月三十日　火

午後、郵船から丸ビル中央公論社へ行き、婦人公論の村上に會ふ。郵船にて婦人公論の原稿一枚書いた。取りに來た使に渡す。報知新聞の原稿書きかけた。夕、歸りに報知へ寄る。朝日にも寄る。津村を訪ねたが、病氣缺勤中。

五月三十一日　水

郵船公休日。

午後、報知の第二回、昨日の書きかけを書いてち江に届けさせた。

午後、改造編輯者來。文藝春秋江原來。夕、報知第三回書き始む。

夕、米川文子さん來。夕食。

六月一日　木
朝、出社前に報知の第三回、昨夕の書きかけを書いて脱稿。「教員室」四枚。
今日は、面會日なれども大雨。だれも來ぬかと思つたら大橋來。大橋さんは來るかとも思つたが、その通り。
六月二日　金
朝、出がけに新潮へ行く。佐藤氏不在。午後、郵船にて新青年の原稿書き始む。
夕、歸りに新潮へ寄つたが、佐藤氏また不在。
六月三日　土
朝、出がけに新潮社へ行き、二百圓印税前借。一旦家に歸りて出なほす。
夕、歸りに宮城へ寄る。桑原會第四回を六月二十五日として宮城教場を借りる事にきまつた。
夕、太田來。

MEMO
六月
二〇〇　三日　新潮

四〇　十日　　中央公論
二〇　十二日　中央公論
四五　十四日　改造
二〇　〃　　朝日
一〇　二十三日　婦人公論
二〇〇　二十四日　郵船
二〇　二十四日　文春
二〇　三十日　朝日グラフ
〆　五七五
みの
十日　10
二十四日　20

六月四日　日

午過、小林さんへ行く。十八貫五百五十、一八二。尿にかすか乍ら反應あり。概してよからず。米川文子さん診察を受けに來るを待ち合はせて一緒に歸り、米川へ行き、桑原會の練習。夕歸る。

夕、村山來。夜、その席へ平野止夫來。

六月五日　月

朝、田中の平野力來、玄關迄。

午、出社の途中、散髪に廻る。
午後、郵船へ松浦嘉一來る。
六月六日　火
午後、郵船にて新青年續稿。
夕、郵船へ菊島の事にて山下忠雄來。歸りに、晩翠軒の文藝春秋對談會へ廻る。相手は兼常清佐氏也。
六月七日　水
午後、吾孫子を迎へて桑原會のおさらへ。夕食後、自動車で送る時、同乗す。
六月八日　木
午後、郵船にて桑原會の番組を作る。
六月九日　金
午後、郵船へ雨宮來。栗村來。
中央公論の原稿書きかける。
六月十日　土
ひる前より郵船に行き、中央公論の原稿を書きて終る。「布哇《ハワイ》の弗《ドル》」十五枚。歸りに中公によりて稿料內金四十圓を受取り、それからその原稿を持つて日淸印刷の大日本印刷へ廻り、松下に渡す。
夜、みの來。
六月十一日　日

午後、郵船の雜誌海運報國の原稿書き始む。
午後、改造寺尾來、玄關迄。
午後、村山來。
六月十二日　月
ひる前より出かけて博文館新青年の片桐を訪ひ、待たせておいた自動車にて郵船に出社。郵船にて海運報國會の原稿「夢獅山隨筆」六枚書いた。中公に行き、一昨日の稿料の殘り二十圓受取る。珍らしくおたまさんにあつた。郵船に歸つてから、改造の原稿書き始め、夕方迄に八枚。それより秀英舍の大日本印刷に行きて、續きを書いて、九時前終る。「希夷公」十四枚。
六月十三日　火
午後、郵船にて映畫朝日の原稿を書き始む。
六月十四日　水
郵船の休日也。
午後、昨日書きかけた映畫朝日の原稿「映畫放談」五枚書いた。終つて荻窪の米川氏へ琴の手合せに行く。夜歸る。るすに村山、岩せ來りし由。こひに朝日へ原稿をとどけさせて稿料受取り、又、改造へも行かせる。
六月十五日　木
夕、栗村、谷中、村山、大橋來。嘉例の會食。
六月十六日　金

午前、出社前に自動車を廻らして牛込改代町の理想社印刷所へ寄る。桑原會の番組切符の件也。

午後、郵船へ新青年の相澤來。

夜、村山來。

六月十七日　土
朝、中央公論社の國民學術協會に出す岡山市方言集稿本の要項を認む。一枚。午、出社前に中公に寄りて雨宮にあひ、右の件を託す。

午後、村山來。一たん別れて博文館へ廻り、夕、村山來りて共に夕食。

六月十八日　日
朝、正木氏來。

午後、吾孫子を迎へて桑原會の練習。後で一緒に夕食。

六月十九日　月
午後、郵船へ明治製菓の香取と戸板來。夕、歸りに博文館へ寄る。それから米川文子さんへより、三味線を借りる爲なり。米川正夫氏來て待つてゐた。後から渥美氏來。桑原會の練習なり。村山玄關迄來。米川文子さん後から來。一緒に夕食。村山玄關迄再來。

六月二十日　火
午後、郵船へ藤田鈴朗氏來。

夕、一たん歸つてから九段米川へ桑原會の練習に行く。正夫氏後より來。

六月二十一日　水

郵船休み。桑原會の封筒書き。午后中かかる。到頭、新青年の原稿成らず。夕、米川正夫氏來。後から藤田氏來。

夕食。

夕、村山來。みの來。

六月二十二日　木

午後、一たん郵船へ出社。それから東朝に津村を、博文館に片桐を訪ふ。新青年をまた一ケ月のばした。

夕、歸りに散髪。

六月二十三日　金

午前、出社前に小林さん。洋服のままにて十九貫、一八〇。尿僅かの反應。

午後、郵船へ岩瀬來。

夕、歸りに宮城へ廻りて桑原會の舞臺稽古。歸りて夕食。午前三時就寢。

六月二十四日　土

夕、郵船より歸りて吾孫子を迎へ、練習して夕食。

練習中、東日の高原來。夕、みの來。

六月二十五日　日

桑原會第四回演奏會。午より宮城へ行く。夕、閉會後、富士見町の新みよしの慰勞會へ廻つた。

六月二十六日　月

午後、郵船へ東日高原と寫眞班來。寫眞をうつして行つた。明治製菓の戸板來。夕、村山來。夏目純一さん來。十何年振りに獨逸から歸つて以來の初めての來訪也。一緒に夕食。自動車にて有樂町驛迄送らせた。

六月二十七日　火

朝、東日吉田信さん來、玄關迄。

午後、郵船へ朝日グラフの記者と寫眞班と來。寫眞を寫して行つた。

六月二十八日　水

今日は、郵船は休みなれど、自分の仕事の爲に出社す。午過、來る途中、自動車を九段の米川へ廻らして、桑原會の練習の爲に借りてあつた三味線を返す。午後、郵船にて腹痛す。

夕、明治生命のマーブルの法政航研の新入會員歡迎會に行く。

六月二十九日　木

午、出社前に改造の寺尾來。玄關にて會ふ。

午後、郵船へ文藝春秋の江原來。

腹痛なほ續く。しかし、晩にはいつもの如く麥酒を飲み、おかずを色色食つて早寢した。八時半就床。

六月三十日　金

朝早く六時半に起きて、出社前に朝日グラフの原稿「腰辨の辯」を四枚半書き上げた。取りに來た使に渡した。

午過出社後、明治製菓のスヰートの原稿「チーズ」を三枚書き上げた。明治製菓の戸板二度來る。

中公松下來。

七月一日　土

四月末、郵船に入社以來、大がいは自動車にて往復した。自動車は大がいメーターのタクシーなれど、又帳場の朝日自動車に乘つた事も屢《しばしば》ある。省線電車は四谷驛から一二度乘つたが、歸りを省線にして四谷に降りた事は隨分ある。市ケ谷から乘つた事は一度しかない。驛がごたごたしてゐるからである。歸りは急行電車の時間になり、市ケ谷には止まらぬから市ケ谷に降りる事もない。バスには一二度乘つたきりである。市電で出社した事は一度もない。これから毎日の往復を何によつたかと云ふ事を記入しようと思ふ。」

午、タクシーにて出社。タクシーにて歸る。

夕、谷中來て待つてゐた。後から大橋、妹尾、村山來。嘉例の夕食。中座して、改造社の迎への自動車にて築地濱作の座談會に顏を出し、向うを又中座して歸る。大森が來て座に加はつてゐた。

午後、るすに新潮社の佐藤君來りし由。

七月二日　日

午後、仁壽講堂の移風會に行く。

夕、歸る。無爲。先日來の腹痛なほやまず。思ひ切つてヘルプを嚥む。藥を用ゐずしてなほすつもりなりし也。
七月三日　月
市ケ谷驛より省線にて出社。東京驛にて花を買ひ、丸ビルにて靴を磨かせ、はい原にて部屋にお
く團扇二本と團扇盆とを買ひて、午過部屋に落ちつく。部屋に庶務課長來。七月二十二日より二十
五日迄の船旅にさそつてくれた。又船客課長來。東日、高原來。夕、歸りに朝日へよる。バスにて
歸る。夜、みの來。
七月四日　火
ひる前、タクシーにて出社。
午後、黑須來。
夕、歸りに大阪ビル西河の所へよる。麻のきれを貰つて歸る。歸りはバス。
夜、村山來。
七月五日　水
郵船休日。午、小林さんへ行く。十八貫二百五十、一六五、左手は一七〇也。先日來の腹痛、下
痢の爲、こちらはよくなつたらしい。
午後、朝日の原稿、尾長を書き始む。四枚書いた。
午後、ひるね。
七月六日　木
タクシーにて出社。

午後、朝日の原稿、尾長の續稿五枚になつたのを削つて四枚にした。
夕、歸りに新潮社へより、佐藤氏に會つて印稅前借百七十圓たのんだ。明日、受取る筈。

七月七日　金
午後、タクシーにて出社。今日より暑し。午後、明治製菓の香取氏來。神戸へ行くにつき、百圓明治製菓から出して貰ふ事を賴む。十七日に屆けてくれる筈。
タクシーにて歸る。
るすに、こひ新潮社にて百七十圓受取つて來た。

七月八日　土
ひる前、タクシーにて出社。
夕、郵船へ村山來。一緒に出て兼ねて打合はせてあつたち江と日比谷三信ビルにて出會ひ、八階の東洋軒にて三人夕食。夕日があたつて非常に暑かつた。後で村山、家迄ついて來た。又、そばや冷やむぎや茶漬を食ひなほす。

MEMO

七月

一七〇	新潮社	七日
三一、五〇	改造	十四日
一〇〇	明治製菓	十七日
一〇四	新青年	十八日

一五　　改造（座談會）
二〇〇　　郵船
〆　六一六、五〇
みの　七月三日　10
七月九日　日
非常にあつし。
午後、椅子にてひるね。
朝日の原稿を書かうとして成らず。
七月十日　月
今日から朝は冷そうめんにした。今日は少し涼し。
午前、タクシーにて出社。丸ビルに行つて雨宮に會ふ。國民學術協會の岡山市方言集の補助の件はだめであつた。先日、十五年振り位で質から出したこひの movado〔一九〇五年に創業したスイスの時計ブランド〕の時計を自分で持つ爲、丸ビルの時計屋でクロームの鎖を買つた。
夕、タクシーにて歸る。夕、吾孫子を迎へて夕食。送る時、自動車に同乘す。
〔七月九日と十日の記入欄を間違えたことを「入りちがひ」と記している〕
七月十一日　火
ひる前、支度をする前にひるねをした。
午、東日、吉田信さん來。玄關にて會ふ。

午過、タクシーにて出社。

今日より郵船は、四時半仕舞也。

夕、タクシーにて歸る。

夜、谷中來。

七月十二日　水
郵船休み。午、改造寺尾來。玄關にて會ふ。

午後、改造の座談會の校正をした。夕方近く迄かかる。使、二度來。

七月十三日　木
朝早く起きて、七時から改造の原稿書き始む。「馬食會」九枚。ひる前に書き終る。使、二度來。使に渡す。

午後、朝日屋の自動車にて博文館に行き、片桐にあひ、その自動車にて出社。午後、讀賣の三宅來。夕、タクシーにて歸る。夜、村山來。

七月十四日　金
午前、四谷の戸谷へ寄りて散髪して、東京驛にてライスカレーを食べてから出社。

午後、海運報國會の原稿、夢獅山隨筆の第二回を書きかけた。夕、タクシーにて歸る。

夜、大橋來。表に椅子を持ち出して話す。後から米川文子さん來。同じく表で話す。

七月十五日　土
午前、タクシーにて出社。

昨日書きかけた海運報國會の原稿を續けて終る。「澁抜き」五枚。
午後、岩せ來。寫眞をうつした。一緒にタクシーにて歸る。夕食。
七月十六日 ⑯2 日
午前三時五分頃、半醒半酔にて、うんと伸びをしたら後が胸がどきどきし出した。ほんの何秒かにてなほつたが、そのなほり際に、ぷくんとしたので、今のは動悸の發作であつた事がわかつた。その程度にて云ふに足らざれども、明かなる發作である。今年は、二月六日以來の二度目也。毎日三十度の熱さだから用心を要す。」
午後、新青年續稿。非常に暑かつたが、十枚ばかり書いた。夕、大橋來。夕食。
七月十七日 月
ひる前、タクシーにて出社。午後、新青年の原稿書き終る。「七體百鬼園」二十六枚。六月二日に書き始めて以來也。但し、約束はまだその前からあつて、五月十九日に一ケ月延期させた時から云へば三月ぶりである。」
午後、新青年相澤來。明治製菓の戸板來。先日、香取氏に頼んだ百圓持つて來てくれた。夕方まで新青年の原稿讀みなほし、タクシーにて歸る。
七月十八日 火
午前、タクシーにて出社。午前、新青年の使、郵船に來。原稿を渡す。午後、郵船より博文館へ行き、稿料百四圓受取り、又郵船に歸る。窓のブラインドを青い空色に變へてくれた。最初の窓掛けクリーム色のカーテンを柿色に變へさしたのが、暑苦しいから又變へて貰つたのである。夕、タクシーにて歸る。夜、大森、村山來。

七月十九日　水

ひる前、小林さんへ行く。十八貫二百、一八〇。一たん歸つてから、午后、タクシーにて出社す。今日は休みの日なれど、こちらの勝手也。七月五日と六日に第一回を書いた朝日の續稿第二回を書き始めた。

夕、タクシーにて歸る。

七月二十日　木

ひる前、タクシーにて出社。

夕、タクシーにて歸る。

七月二十一日　金

ひる前、タクシーにて出社。

中公松下來たけれど、船客課長と要談中だつたのでそのまま歸つた。

夕、タクシーにて歸る。

七月二十二日　土

朝早く目をさます。横濱迄見送りに來る筈の村山來らず。來ない筈の栗村來。横濱の鎌倉丸迄來。正午過、出帆す。初めての大きな船で、又長時間だから成由、色色氣をつかふ。しかし、ふだんお酒がのめるおかげで船醉もせず、遠州灘を熟睡して越した。尤も穩かな航海だつたさうである。それでも廊下を何かつかまらなければ歩けなかつた。

七月二十三日　日

朝六時、船室にて目覺む。一息に熟睡したので、氣持よろし。午過、神戸入港後、俥にて三の宮瀧口通迄、煙草を買ひに行つた。午後四時、大阪の健來る。十何年ぶりに會ふ。夜九時迄ゐて、船にて食事。夜、船室の風穴の調子わるく熱くてねられさうもないから、上陸してオリエンタルホテルに泊る。

七月二十四日　月

ひる前、船に歸る。午、中島來。一緒に午餐す。午後三時、出帆。夜は風穴の工合わるく、夜だけ部屋をかはつた。

七月二十五日　火

別の部屋にて目ざめ、自室に歸る。

正午、横濱歸著。」

午後、歸つて間もなく山名來る。夜、村山來。

七月二十六日　水

ひる前、戸谷へ散髪に廻りて、タクシーにて出社。今日は、休みの日なれども來た。無爲。夕、タクシーにて歸る。

夜、米川文子さん來。

七月二十七日　木

午、タクシーにて出社。

午後、讀賣記者來。

夕、タクシーにて歸る。

夕、村山來。夕食。

七月二十八日　金
午過、タクシーにて出社。

午後、へんな男來りて、色紙に名前を書けと云つたが、ことわつた。

夕、タクシーにて歸る。

七月二十九日　土
午前、タクシーにて出社。

午後、主婦之友、女記者來。寫眞をうつした。

午後、中公松下來。

夕、宮城の招待にて、京橋、味の素ビルのアラスカへ晩餐に行く。夜、大森來。

午后六時、るす中に、二三日來加減のわるかつたうちめじと呼んでゐた目白が死んだ。十一年ゐたと思つてゐたが、それは間違にて、昭和六年以來だから九年である。いつも茶の間にゐた小鳥である。

MEMO

船中食事(一)

二十二日、午、まかせて冷汁。外に二三程。麥酒二本。

午後、船に酔ひさうにてバーにてカクテルとヰスキー。
夕、ソツプ。前菜と冷肉のみ。麥酒一本半。
二十三日、朝、部屋にて夏みかんと紅茶。朝食、果汁、トースト、綠茶。
午、ソツプ。ライスカレ、野菜、アイスクリーム（但これは今迄もいつもなり）
〈一枚後〔8月5日の「MEMO」欄〕へつづく〉
七月三十日　日
ひる前、小林さん。十八貫二百、一七〇。概してよろし。午後、非常にあつし。無爲。
七月三十一日　月
午前、タクシーにて出社。出かけたところへ、宮城の數江來。
夕、タクシーにて歸る。夜、大雷雨あり。少し涼しくなつた。

八月一日　火
ひる前、タクシーにて出社。

午後、平野力來。

夕、タクシーにて歸る。

ひるは暑かつたが、夕方から涼しくなつた。

夜、谷中來。玄關にてことわり、會はず。

八月二日　水
郵船、休み也。

涼し。午過、椅子にてひるね。

午後、中央公論の原稿書き始む。捗らず。二枚。

八月三日　木
涼しいので一昨夜も昨夜も非常によく寢た。又、昨日はひるねもした。餘り寢過ぎて却つて胸の調子が變な位也。」

朝、四谷戸谷へ廻り、散髮してタクシーにて出社。

夕、タクシーにて歸る。宮城の數江玄關で待つてゐた。宮城から頼まれた手紙の下書を渡す。

八月四日　金

ひる前、朝日自動車にて出社。急に涼しくなつた所爲か、出かける前より、發作でない結滯が頻發し、暫らく椅子で休んだ。出社後もなほ頻發す。」

午後、村山來。都新聞井上友一郎來。

夕、郵船より帝國ホテルの東日世界一週〔周〕飛行披露會へ行く。午后、二度雷雨ありて、その後帝國ホテルにて非常に蒸しあつく苦しかつたので、やつと結滯がなほつた。帝國ホテルの自動車にて歸る。

八月五日　土

午過、タクシーにて出社。午后、暴風雨となる。

夕、タクシーにて歸る。

MEMO

船中食事(二)

二十三日、夕、鈴木健と一緒に前菜、フルーツポンチ、ソツプ、外に四品。但しそんなにたべられなかつた。

二十四日、朝

オリエンタルホテルにて紅茶、トースト、林檎。午、船中にて中島と會食。但し、私はソツプ、野菜、ライスカレーのみ。ビール一本半のむ。

八月六日　日
午過、椅子にてひるね。終日無爲。

夜、谷中來、玄關迄。會はず。

八月七日　月
午前、タクシーにて出社。

二日に書き始めた中央公論の原稿續稿。まだ捗らず。

夕、タクシーにて歸る。

八月八日　火
立秋。

朝、多田來。玄關にて會ふ。

午前、タクシーにて出社。

中央公論の原稿續稿。

夕、タクシーにて歸途、戸谷へ寄り散髪。

八月九日　水
郵船の休み日也。午過、椅子にてひるね。中央公論の原稿續稿。

夕、黑須來。一緒に自動車にて水交社の白濱會へ行く。海軍機關學校のもとの教官の會也。現教官も四人加はる。

八月十日　木

ひる前、タクシーにて出社。

午後、久し振りの吉田九郎來。中公松下來。

中央公論續稿成らず。

夕、タクシーにて歸る。

八月十一日　金
朝、タクシーにて出社。

中央公論續稿。四時迄かかつて二十枚にて終る。波光漫筆。

午後、西河謙吉來。

夕、郵船より丸ビル中公へ行き、原稿を屆けて八十圓受取り、タクシーにて歸る。

八月十二日　土
午前、タクシーにて出社。

一日かかつて、改造の原稿を書いた。夕、歸る迄に十枚。

夕、タクシーにて歸る。すぐに續稿して十二枚にて終る。「神戸の沖入船の記」。使に渡す。夕、
宮城によばれて行き、撿挍と一ぱい飲んだ。

MEMO

船中食事㈢

二十四日、夕

前菜、ソツプ、各種ソーセーヂ、日本酒、麥酒一本づつ。

二十五日、朝
部屋にて紅茶、夏みかん。
サロン、トースト、フライエグ、珈琲。
午、冷汁、亞米利加蛙、サラダ、ライスカレ。」
終り

八月十三日　日
今度、新潮社から出す本の原稿整理をする爲、先づ目次の作成に取りかかつた。ひるは暑かつたが、夕方に夕立あり。凉しくなる。

八月十四日　月
朝、タクシーにて出社。
目次の順序をつける。その他、几邊雜用。
夕、タクシーにて歸る。

八月十五日　火
午前、タクシーにて出社。
午後、海運報國會の原稿書き始む。未完。夕、郵船から明治生命マーブルの法政航研の會へ廻つた。夜、タクシーにて歸る。

八月十六日　水
郵船休み。

ひる前、小林さん。十八貫二百五十、一八〇。
午後、海運報國會の續稿終る。十枚。「三ノ宮の乞食」と「風穴」。午後、タクシーにてその原稿を屆けに郵船へ行つた。歸りに中央公論へ寄つたが、松下るす。省線にて歸る。夕、大森來、玄關迄。

八月十七日　木
午前、タクシーにて出社。
午後、朝日スポーツの原稿「野球散題」五枚書いた。時間を打ち合はせて丸ビルに待たしてあるこひに渡して屆けさせる。內藤吐天來。
夕、タクシーにて歸る。

八月十八日　金
午前、タクシーにて出社。
明治製糖のスキートの原稿「窮屈」三枚書いた。
夕、タクシーにて歸る。

八月十九日　土
窒扶斯ワクチンのむ。三人共。今日より三日間連用。
午前、タクシーにて出社前、京橋の明治製菓に寄り、スキートの原稿屆ける。
夕、タクシーにて歸る。
夜、黑須來。生きた鎌倉海老を二尾貰つた。

MEMO

八月

三九、七八　郵船出張旅費　四日
八〇　中央公論　十一日
四〇、二五　改造　十五日
二四　アサヒスポーツ　十九日
二〇〇　郵船　二十六日
〆　三八四、〇三

3978
4425
―――
8403

八月二十日　日

午後、米川文子さん來。
文藝春秋増刊の原稿を書き始めたが、捗らず。
ひるね。午後中、發作性でない結滞が續いて困つた。

八月二十一日　月

　窒扶斯 Vaccine 服用終る。
ひる前、タクシーにて出社。

昨日よりの非發作性結滯にて何も出來ぬ。文春增刊の原稿氣にかかる。

夕、タクシーにて歸る。

八月二十二日　火
朝より一昨日以來の非發作性結滯あり。出社前小林さんへ寄り、頓服を貰つて出社。洋服を著てゐたから、目方は計らなかつた。血圧一七八。尿に痕跡の反應あり。出社後、矢張り結滯續く。

夕、定刻より早引け。タクシーにて歸る。

八月二十三日　水
午より小林博士邸にて過ごす。十八貫三百、一八〇。

結滯なほらず。

八時よりねる。

八月二十四日　木
今晚、初めてコホロギを聞く。

郵船に行くつもりであつたが、朝から結滯頻數にてあきらめる。郵船、初めての闕勤也。それぞれ屆けさせる。後に小林博士邸にて過す。圧一六〇。午後注射。夕、かへる。まだなほらず。

八月二十五日　金
郵船缺勤す。

朝起きた時はよかつたが、間もなく惡化す。ひるね。午後二時過、目をさました。起きた時はよろし。床上にて用心す。夕、村山來。夕食。今日は夕食後、又少しわるし。昨日迄は、夕食後はいつもよかつた。
八月二十六日　土
朝はよろし。郵船休む。手紙、はかき書く。ひるね。夕まで異狀なし。どうやら收まつた樣である。
八月二十七日　日
調子よし。
ひる前、小林さんへ行く。十八貫四百、一六五。血圧低きは發作的、又は二三年前の夏、發作の頻發した時の情態にてよくない事と思はる。歸りに戸谷へ寄りて散髮。去る八日の散髮を一厘刈の最後として、今日より毛をのばす事にした。就寢迄異狀なし。一先づなほつたらしく思はる。
八月二十八日　月
午前、タクシーにて、暫らく振りに出社す。來て見れば部屋に專用の電話がつけてあつた。大いに難有し。午後、映畫世界の女記者來。夕、タクシーにて歸る。
八月二十九日　火
午後、タクシーにて出社。
夕、タクシーにて歸る。午後、長崎の神鞭氏の傳言にて長崎支店長大塚氏挨拶に來。
夕、タクシーにて歸る。
夕、吾孫子來。一緒に夕食。後で細君來。自動車にて送らせる。
八月三十日　水

郵船休み。午後、葉書を少し書いたきりで終日無爲。
夕、村山來。夕食。
八月三十一日　木
午前、宮城來。數江同伴。
午後、タクシーにて出社。
午後、文春、大洋の車谷來。
夕、タクシーにて歸る。夕、村山來。すぐ歸る。

九月一日　金
午前、新聞の新聞の記者來、玄關迄。郵船にて會ふ事にして返す。

午過、自動車にて本所石原町のお寺と被服廠跡へ行く。今年は大地震十七回忌也。その自動車にて郵船に出社。

午後、映畫の友、寫眞班來。寫眞をうつした。夕、タクシーにて歸る。

九月二日　土
午前、タクシーにて出社。

新聞の新聞の記者來。午後、出なほす様に云つて返す。

午後、中央公論松下來。中央公論の創作の約束成る。小城來。新聞の新聞來。

夕、タクシーにて歸る。

九月三日　日
午過、小林さん。十八貫四百、一六五。血圧低し。

歸りに四谷戸谷へ廻り、散髪す。

歸りてひるね。

終日無爲。

九月四日　月
午前、タクシーにて出社。

午後、文春話の記者來。

夕、タクシーにて歸る。

るすに栗村、平野止夫來りし由。

夕、米川文子さん來。夕食。

九月五日　火
午前、タクシーにて出社。

昨日あたりより又午后結滞起こる。今日も大分續いた。

夕、タクシーにて歸る。

夕、村山來。後から栗村來。一緒に夕食す。

九月六日　水
また、結滞頻發す。

郵船の休日也。ひるね。ひるね中も結滞續いた。

夕食前に、八月十三日に初めて手をつけたこの次の新著の原稿整理。正木氏來。歸つた後、なほ整理す。未了。

九月七日　木

午前、タクシーにて出社。四日頃以來の結滯工合わるし。

午後、モダン日本、鈴木義美來。夏目純一さん、來ると云ふ電話をかけて來らず。

夕、タクシーにて歸る。

九月八日　金
午過、タクシーにて出社。

栗村來。夏目純ちやん來。

今日は、結滯大分よし。夕、タクシーにて歸る。夕食前、六日の續きの原稿整理大體終る。あとは切拔の校訂也。

九月九日　土
午過、朝日自動車にて出社。

夕、村山とち江と來。村山の御馳走にて虎ノ門滿鐵支社のアジアへ行く。夜、歸りに村山寄る。

MEMO

九月
一〇　都新聞　五日
二〇〇　新潮　十三日
四〇　改造
五〇　明治製菓
一〇　主婦の友

二〇〇　郵船

九月十日　日

午後、町内の正木を訪ふ。やまと新聞の津久井君に初對面す。

夕、大橋來。一緒に夕食。

留守に多田、太田來りし由。

九月十一日　月

午前、平野止夫來。

午前、四谷戸谷へ散髪に寄りて出社。往きも出社もタクシー。

今日より郵船は、午後五時迄也。

夕、タクシーにて歸る。

九月十二日　火

午前、タクシーにて出社。

午後、春陽堂ユーモアクラブ記者來。

ひる前より夕方までかかつて改造原稿「百圓札」九枚書いた。

夕、タクシーにて歸る。

九月十三日　水

夕、出〔出隆〕來る。夕食。

郵船休日。

朝、「百圓札」續稿十二枚にて終る。

朝、編輯記者來。待たせて渡す。午、椅子にてひるね。午後、新潮社へ行く。佐藤俊夫君と相談して今度の本の名は「菊の雨」ときめる。又、文庫に冥途その他を出す事も約す。二百圓印税前借。

夕、村山來。夕食。

九月十四日　木

午前、タクシーにて出社。

午後、都新聞堀內來。

明治製菓の香取、戸板來。二十日の講演を約束す。

モダン日本、鈴木來。夕、タクシーにて歸る時、一緒について來て、朝日自動車にて芝公園なにはの文春「話」高田保氏との對談會に行くまで同乘した。

九月十五日　金

午前、タクシーにて出社。

午過、ち江、入れ忘れた辨當の箸を持つて來たが、既にすんでゐた。すぐ歸る。

午後、平野觀三、初めて來。新聞の新聞の佐野來。

夕、タクシーにて歸る。暫らく振りの面會日なり。村山、谷中、栗村、大橋、吉田九郎來。吉田はこの家に初めて也。恆例の夕食。

九月十六日　土

午過、タクシーにて出社。

午後、新聞の新聞、佐野來。

夕、タクシーにて歸る。

るすに小山來りし由。

九月十七日　日
暫らく振りに琴を彈く。この前の桑原會以來也。

午後、村山來。

午後、「菊の雨」を書きかけたが、半枚しか出來なかつた。非常にむしあつし。

九月十八日　月
通り雨にて、長く續いた殘暑が漸く去つたらしい。

午前、タクシーにて戸谷散髪。タクシーにて出社。午後、夏目純一さん來。

海運報國の原稿書きかけた。三枚まで。

夕、タクシーにて歸る。

九月十九日　火
午前、タクシーにて出社。

昨日の續稿終る。四枚半。「夜船」。

午後、目黑雅敍園の岩瀬の結婚式へ行き、又郵船に歸る。歸途、丸ビルの花屋にて、小倉さんに贈る鉢植ゑをあつらへた。部屋におく菊の懸崖を買つた。

夕、タクシーにて歸途、村山の宿に寄つたが不在。

九月二十日　水

午後、十七日に書きかけた菊の雨の續稿二枚にて終る。夕、迎への自動車にて明治製菓の講演會に行く。「目と耳の境界」。銀座の中央亭にて晩餐の招待を受け、自動車にて送られて歸る。

九月二十一日　木

彼岸の入り。ひるはなほ稍あつし。

午前、朝日自動車にて、大曲〔現在の新宿区新小川町、目白通りの牛込警察署大曲交番のあたり〕の植木屋に廻り、郵船の部屋に置く電信草とか云ふ鉢植を買ひて出社。

午後、素琴先生の次男君來。「根附」の飜譯の件也。明治製菓の香取、戸板來。昨夜の謝禮五十圓貰つた。夕、タクシーにて歸る。夜、田村義輝、岡保次郎來。玄關にてことわる。

九月二十二日　金

午前、タクシーにて出社。

午過、鎌倉丸にて立つ小倉氏見送りの爲、臨港列車にて横濱へ行く。ついでに日枝丸の東日高松にも見送りの挨拶して四時半、郵船に歸る。

夕、タクシーにて共同印刷に廻りて歸る。文春、現地扱、先の原稿をことわる爲也。

九月二十三日　土

午前、タクシーにて出社。

午後、妹尾來。讀賣記者矢澤來。藤田鈴朗來。

夕、タクシーにて歸る。るすに、農大學生來りし由。出なほして西銀座樽平の法政の先生の會に行く。

九月二十四日　日
午過、戸谷へ散髪に行き、それから明治講堂の移風會へ行く。ち江も來。夕方、濱町の爐の家の新青年相談〔対談〕會へ行く。德川夢聲と談る。歸途、夢聲一寸立ち寄る。後から又自動車にて夢聲を訪ふ。

九月二十五日　月
午後、タクシーにて出社。

午后、菊の雨の原稿整理。大體終る。

夕、タクシーにて新潮社へ廻り、原稿を渡してタクシーにて歸る。

九月二十六日　火
夕、東日の高原來。夕食。

午過、タクシーにて出社。

丸ビルの植木屋にて葉物の植木を買つた。

夕、タクシーにて歸る。

夕、村山來。夕食。

るすに吉田信さん、神戸牛の味噌漬をくれた。

九月二十七日　水
ひる前より新潮社に行き、菊の雨の原稿整理をした。了る。

夕、朝日自動車にて郵船に行き、海運報國會の佐藤、平野、丹野、田宮を迎へて、自笑軒に招待す。歸りも朝日自動車にて東京驛迄送る。

九月二十八日　木

ひる前、省線電車にて出社。涼しくなつたのと東京驛にて花を買ふ序の爲、電車にした。

夕、タクシーにて歸る。

夕、妹尾と夏目純一さんと來。夕食。朝日自動車にて送る。

九月二十九日　金

午過、タクシーにて出社。

午後、至文堂黑井來、文春車谷來。

夕、タクシーにて歸る。

夕、江戸川端の石橋亭に、多田、太田、中野を招待す。その行きがけに、大曲の植木屋にて鉢植を買つた。七圓也。明日、郵船の部屋に屆けさせる筈。

九月三十日　土

午、タクシーにて出社。

夕、タクシーにて歸る。

夜、黑須來。

十月一日　日

午過、小林さん。十八貫六百、一八五。尿は大した事なし。少し多くなり過ぎたから、又養生しようかと思ふ。歸りに戸谷へ廻りて散髮。

午後、內藤吐天來。

夕、村山、栗村、谷中、吉田、妹尾來。恆例の夕食。

十月二日　月

ひる前、タクシーにて新潮社へ寄り、文庫の原稿を渡し、金談を試。タクシーにて出社。

午後、臺南の中川蕃さんと則武の貞さん來。貞さんとは三十何年振りに會つた。

夕、タクシーにて歸る。

十月三日　火

朝起きて、少し氣分重し。仕度の後、一寸うたたね。

午過、タクシーにて出社。

昨日、中川さんに大體の承諾をしておいた臺灣行の件、今日郵船にも話してきめた。午後、大橋來。夕、タクシーにて歸る。

夕、九段米川へ桑原會の相談にて行く。
十月四日　水
今日は、休みの日なれども、午、タクシーにて出社。
夕、黑須氏來。虎ノ門滿鐵支社のアジアで御馳走になつた。
十月五日　木
ひる前、タクシーにて出社。
午後、生駒船客課長の招待にて築地藍亭に則武貞さん外一氏と晝餐し、又郵船に歸る。るすに、
モダン日本、鈴木來。夕、德川夢聲來。一緒にタクシーにて歸り、夕食。
十月六日　金
午過、タクシーにて出社。
夕、タクシーにて歸る。
十月七日　土
朝、一たん起きて、又うたたね。
ひる前、宮城夫人來、玄關迄。
ひる前、タクシーにて日本橋春陽堂に寄り、平野止夫の出版の件をたのむ。又タクシーにて出社。
午後、辰野隆氏來。京都の太宰來。太宰に會ひに、法政の新聞學會の學生來。夕、辰野、太宰と富
士見町菊の家に行きて遊んだ。

MEMO

十月
二〇　文春話　四日
二〇〇　新潮　　六日
二八　改造
二〇〇　郵せん
〆　四四八

十月八日　日
朝起きてから又うたたね。
午後、小林さん。十八貫四百、一八〇。
四谷の戸谷へ廻りて散髪す。
夕、村山來。夕食。

十月九日　月
午前、タクシーにて出社。
午後、東日、宮澤來。
夕、タクシーにて歸る。

十月十日　火
午前、タクシーにて出社。歌舞伎座の試寫會に行くち江を同乗せしむ。
部屋に衝立を入れて貰つた。

夕、日本橋倶樂部の中能島の演奏會へ回る。トーストだけにて、歸つてから夕食。るすに、大阪の桑田氏來りし由。又黑須氏がメボソらしき小鳥を置いて行つた。

十月十一日　水

今日は、休みなれども改造の今月の原稿未だ出來ぬ故、出社して考へる事にした。午後、タクシーにて出社。午後、野田淺雄來。夕、タクシーにて歸る。

十月十二日　木

朝、暫らく振りに二階の書齋にて改造の原稿書き始む。午過、朝日自動車にて一たん出社し、その自動車を待たせておいて市ケ谷の大日本印刷へ行き、續稿して終る。八枚。「竹橋內」。又、朝日自動車を呼びて、郵船に歸る。夕、タクシーにて歸る。夕、村山來。夕食。

十月十三日　金

ひる前、タクシーにて新潮社に廻り、又タクシーにて出社。午後、新青年谷井來。婦人公論田中嘉禰子來。春陽堂ユーモア倶樂部の女記者來。夕、タクシーにて歸る。

十月十四日　土

午、省線電車にて出社。神田驛迄こひを同伴す。午後、サンデー毎日山口來。

夕、タクシーにて歸る。

十月十五日　日

午過、四谷戸谷へ散髮に行き、明治講堂の吾孫子の演奏會へ廻る。

夕、新青年の速記校訂。

夕、栗村、村山、妹尾、谷中來。吉田九郎來。奉天の淸水淸兵衞來。恆例の夕食。

十月十六日　月

午後、朝日自動車にて出社。

辰野氏來。髑髏時計を貰つた。博文館の使來。

夕、タクシーにて歸る。

風氣味にて發熱。

十月十七日　火

七度位迄の熱にて終日眠る。夕、村山、大森來、玄關迄。會はず。取次にて校正の間だけ辯ず。

十月十八日　水

昨夜より結滯頻發す。

午、日本大學、森村、澤田來。會はず。日本大學に出講しろとの件なり。ことわるつもり。

午後、小林さんの來診を請ふ。

十月十九日　木

郵船を休む。

午後、森村、澤田來。玄關にて會ひ、日本大學の件ことわる。

終日、寢ると結滯わるし。

十月二十日　金

今日は、靖國神社にて、郵船は休み也。風邪はよくなつたが、結滯なほわるし。午、村山來。起きて會ふ。
午後、特にわるし。夕飯後、少しらく也。
十月二十一日　土
朝はらくであつたが、午頃郵船に出て見ようと思つて支度をしてゐる內に、非常に苦しくなり、ホツトヰスキーをのんで暫らく寢た。一時間許り後に目がさめたら、らくになつてゐたから、午後、少し遲れてタクシーにて出社す。來て見れば氣がかはつてらくである。夕、タクシーにて歸る。夕、村山來。夕食。
十月二十二日　日
結滯、なほ全快せず。午後、東朝の久野八十吉氏の告別式に行かうと思つて支度しかけたが、苦しくなつて寢た。目がさめたららくになつてゐたから、朝日自動車にて靑山齋場へ行つた。夕、大橋來。夕食。
十月二十三日　月
午後、タクシーにて出社。少しはいいかとも思はる。午後、婦人公論田中來。
明治製菓スヰートの原稿「カステラ」二枚半書いた。明治製菓の戸板來。原稿渡す。チーズをくれた。
夕、朝日自動車を呼びて歸る。夕、村山來。夕食。寫眞帖を持つて來て貼つてくれた。
十月二十四日　火
午過、タクシーにて出社。

結滞一週間にして大分峠を越したらし。
夕、朝日自動車を呼びて歸る。
十月二十五日　水
今日は休みの日なれども、午過タクシーにて出社す。
夕、タクシーにて歸る。早寢。就床八時半。
十月二十六日　木
午過、タクシーにて出社す。
夕、朝日自動車を呼びて歸る。
夕、村山來。夕食。
十月二十七日　金
午過、タクシーにて戸谷へ散髪に廻り、タクシーにて出社す。
夕、タクシーにて歸る。
十月二十八日　土
ひる、山名來。上げておいて出社す。出社前、法政新聞學會の學生來。玄關にまたせて一緒に出る。タクシーにて出社。
夕、中公松下來。夕、タクシーにて歸る。
十月二十九日　日
朝起きた後、又うたたね。終日、週刊朝日の原稿にこだわりて成らず。

十月三十日　月

ひる前、タクシーにて新潮社へ行く。佐藤俊夫氏不在。出版部に會ふ。菊の雨の見本一册持歸る。タクシーにて朝日新聞に廻り、八木に會ふ。先日來の原稿のことわりに行つたのだが、また延期して待つ由。有樂町より省線にて東京驛に出て出社す。午后、明糖中川氏來。日大の澤田氏來。夕、タクシーにて新潮社へ寄り、又タクシーにて歸る。

十月三十一日　火

午、タクシーにて出社。

夕、タクシーにて歸る。夕、黑須來。洋服屋の六ちやん來。外套をあつらへた。米川文子さん來。夕食。

十一月一日　水
午後、新潮社へ行き、菊の雨の寄贈本九十册に署名した。夕、歸りに小林さんへ廻る。十八貫四百、一八〇也。るすに、大森來りし由。
夕、村山、栗村、妹尾、大橋、大森來。大橋に七十圓返す。恆例の夕食。
十一月二日　木
午過、タクシーにて出社。東京驛に寄りて、六日ひるのかもめの一等特急券を買つた。
四階の福田齒科醫にて、先日來ぶらぶらしてゐた上の齒を拔いた。春陽堂の出版部來。夏目純一さん來。
素琴先生來。滿鐵支社のアジアに案内して晩餐後、一緒に郵船社員倶樂部の郵船俳句會へ行く。村山も來會す。歸りは自動車なく、村山と市電にて歸る。
十一月三日　金
二階書齋にて、手紙、はかき、その他出發前の用事色色。夕、宮城へ行きて、夕食。
十一月四日　土
午過、タクシーにて出社。東京驛に寄りて、六日の一等切符を買つた。午後、中川氏來。當座の旅費、百五十圓貰つた。米川正夫氏來。夕、朝日自動車を呼びて歸る。

MEMO

十一月

二五〇　新潮社　一日
一五〇　中川氏　四日
五〇　〃
二〇〇　〃
二〇〇　郵せん
二〇〇　仝〔「同」に同じ。右の「郵せん」を指す〕賞與
〆　一〇五〇

十一月五日　日

午過、小林さん。十八貫七百、一八〇。小泉にてそばを食ひ、戸谷へ廻りて散髪し、宮城へ寄りてかばんを借り、小林さんに廻りて旅行中の藥を貰ひて歸る。夕、村山來。夕食。色色るす中の事をたのんだ。

十一月六日　月

午後一時、かもめの一等車にて神戸に來。ち江送つて來る。栗村、大橋見送。大阪驛にて、鈴木健。」

オリエンタルホテル１１０にとまる。

十一月七日　火

ひる前、則武貞さん來。

午後、菊の雨を自校してくらす？〔原文ママ〕

夕、神戸驛前、三輪の縣中の同窓會に行く。則武、太宰、小橋、藤原簾、大原五一會す。

十一月八日　水

午後、芦屋に亡父の友達吉田金太郎氏を訪ふ。歸りにひいさんにも會ふ。その歸り仁川に中島を訪ふ。三宮に歸りて源德とか云ふきたない料理屋にて夕食してホテルに歸る。就床後、胸の調子わるくてこまつた。

十一月九日　木

立つ前に間に合はせるつもりでゐた郵船の海運報國會と改造との原稿をあきらめた。ことわりの電報を打つた。ひる前、ホテルを出て、大和丸に乘る。則武貞さん見送りに來てくれて、一緒に寫眞をうつした。瀬戸内海は穩やかな航海であつた。

十一月十日　金

門司入港の際、目がさめた。改造をやめた爲、その原稿料をあてておいた家賃を旅費の中から家へ送つた。かはせを賴む爲、ランチにて門司に上陸した。中川氏乘船す。

十一月十一日　土

船中、ひる過、海軍機、マストの廻りを旋回して去る。

十一月十二日　日

午後、基隆入港。臺北吾妻旅館に一先づ落ちつき、中川さんの呼んでおいた藝妓松蔦と三人で草山の大屯ホテルへ行き、御馳走に麥酒にて船のつかれをなほした。
十一月十三日　月
午前十一時、自動車にて草山を下り、臺北吾妻旅館に歸る。松蔦は、午過歸る。中川氏と外に出て町を歩き、升金にてもり二つ食つた。明菓の賣店にて休み、中川氏と分れて床やに行き、臺拓に日下辰太君を訪うたが不在。歸つて夕食中に日下君來。伴なはれて瓢亭に行く。矢野氏とも會つた。
十一月十四日　火
吾妻旅館にて、一日ゆつくりして無爲。甚だ可也。ひるはもり二つ取りよせた。夕、蓬萊閣の會。一たん寢にかへり、休んで、中川氏と夜行にのり、臺南の方へ行く。
十一月十五日　水
朝、中川氏は蕃子田におりた。祕書の方山君車内に乘り込んでくれる。同行して高雄へ行き、見物す。中村氏の案内なり。高雄より溪州迄行き、歸りに屏東に下りて見物。屏東より臺南に歸り、散髪して蕃子田より社線に乘り、明糖本社の倶樂部に泊る。詳細は別記するつもりなり。以下同斷。
十一月十六日　木
朝より結滯始まる。
臺南見物、別記。
十一月十七日　金

結滯つづく。

午后、佳里農場を見る。別記。

十一月十八日　土

結滯つづく。

朝の急行にて臺北吾妻旅館に歸る。夕は、郵船基隆支社長の梅屋敷の招宴に出る。別記。

十一月十九日　日

朝雨。吾妻にてゆつくり起きる。朝の内はまだ結滯があつたが、朝食を遲くして、十一時頃より始め、麥酒を一本半のんで見たら後ですつかり拭つた樣になほつた。午后、ゆつくりして近所へ顏剃りに行く。出口氏來。十六日來の結滯漸くなほつたかと思つたが、午后三時半より又急にわるくなつた。藥はきかず、ヰスキーをのむ。夕方迄續く。夕飯に藝妓松蔦來。麥酒をのめば少しらくになる。

十一月二十日　月

夜半苦しかつた。朝、出口氏來。臺北より立つ。基隆にて基隆支店に一寸講話す。苦しかつた。乘船。海穩やか也。

十一月二十一日　火

午後より海荒れる。夜、甚し。

十一月二十二日　水

朝は既に風波をさまつてゐた。門司入港。

十一月二十三日　木
午前、神戸入港。則武貞さんの娘さん船まで迎へに來てくれた。オリエンタルホテルに寄りて、三宮より明石に行き、芳栖園に落ちつく。午後、貞さん來。貞さんの奥さん、娘さん來。貞さんと大阪迄一緒に出て別れ、下りのつばめにこひを迎へてやつた。神戸迄つばめ。それから、明石の宿へ行く。

十一月二十四日　金
午過、明石を立ち、西垂水の貞さんの家を訪ひ、半日遊ぶ。京都に行き、京都ホテルに泊る。大阪迄貞さん同道。
夜は、太宰來り、三人にて新京極を歩いた。帰りに、タクシーにて丸〔円〕山公園等に廻る。

十一月二十五日　土
午、大阪に行き、新大阪ホテルに泊る。鈴木健太郎の家をこひと共に訪ふ。帰りに米川文子さんの宿に寄り、こひをおいて一先づホテルに帰る。後からこひ、文子さん帰來。一緒に道頓堀の柴藤へ行き、夕食す。健の家を出た頃、一時結滞がいい様であつたが、矢つ張りもとの通り也。

十一月二十六日　日
新大阪ホテルより、大阪驛に出で、午后一時のつばめ一等にこひと乗る。健、驛迄見送りに來る。
夜九時、歸京。

十一月二十七日　月
今日一日郵船を休む。

文春車谷來。

夕、村山來。夕食。

十一月二十八日　火
十六日來の結滯漸くをさまりかけたらし。

暫らく振りに出社。朝日自動車にて。歸りにタクシーにて戸谷へ行き、散髪。何年振りかで髪を分けた。夜、食事を終りかけた所へ大橋來。

十一月二十九日　水
郵船は休み。

午前、多田來。新潮佐藤氏來。

午後、米川正夫氏來。夕、村山來、吾孫子來。米川、吾孫子とは琴の練習。村山、吾孫子と夕食。

夜おそく中野來。

十一月三十日　木
朝、厚生の友編輯者來、玄關迄。

午、タクシーにて出社。平野止夫來。海運報國會の會議中にて會はず。夏目純一さん來。讀賣記者來。夕、歸りにタクシーにて宮城へ廻り、宮城にて夕食。唐砧を米川正夫氏と合はせる爲なり。

郵船にて賞與二百圓くれた。

十二月一日　金

午過、タクシーにて出社。

桑原會の番組、切符を發送す。午後、多田來りて手傳つてくれた。夕、多田と一緒にタクシーにて歸る。村山、栗村、妹尾、大橋、多田及び琴の打合せに來た米川正夫氏と恒例の夕食。

十二月二日　土

午過、タクシーにて出社。

桑原會の番組變更の印刷物を給仕にすらせて、半日終る。夕、朝日自動車を呼びて、歸りに吾孫子を迎へて一緒に歸る。米川、高山直純氏來。後から藤田鈴朗氏來。桑原會の打合せ也。

十二月三日　日

第五回桑原會。午、宮城へ行く。殘月と唐砧をひいた。夜は、富士見町新みよしの慰勞會。

十二月四日　月

午過、タクシーにて出社。

無爲。欠伸ばかり。

夕、タクシーにて歸る。

十二月五日　火
午、タクシーにて出社。
午後、モダン日本、鈴木來。
夕、タクシーにて歸る。
十二月六日　水
午過、東日、宮澤來。共同印刷へ出かけて居たところなので、東日の自動車にて送つて貰ふ。共同にて「大和丸」十一枚。大洋の原稿を書いた。夕、文春の送りの自動車にて歸る。るすに宮澤もう一度來りし由。
十二月七日　木
ひる前、買物に行くち江と一緒に出て、タクシーにて戸谷へ行き散髪し、タクシーにて出社す。午後、大橋來。夕、村山、ち江來。一緒に滿鐵支社のアジアに行きて夕食。朝日自動車を呼びて一緒に歸りて、すし。
るすに栗村、米川文子さん來りし由。
十二月八日　金
午過、タクシーにて出社。
夕、德川夢聲來。
夕、タクシーにて歸る。
十二月九日　土

朝、宮ぎ夫人來。

午過、タクシーにて出社す。

午後、文春車谷來る。稿料を持つて來てくれた。

德川夢聲來、村山來。一緒に中嶋の東炎の忘年會へ行く。歸りに土居などと銀座で汁粉を食つた。

MEMO

十二月

一五〇　　新潮社
三三（九日）　大洋
一一（二十日）　右の追加
二〇〇　　郵せん
五〇〇　　新潮社
二五　　都新聞
〆　九一九

十二月十日　日

午後、平野力來。

夜、就眠後、苦しかつた。麥酒を四本のんだので、一本の飮み過ぎか。或は何かの中毒Fischvergiftung であつた樣にも思はる。間もなくをさまつた。

十二月十一日　月

今日は、大變氣持よし。平生以上によし。ひる前、タクシーにて出社す。臺南の中川さんに禮狀を書いた。

夕、タクシーにて歸る。

十二月十二日　火
午過、タクシーにて出社す。

夕、タクシーにて芝西久保巴町の社員俱樂部に行く。夕食して、第二回郵船俳句會に出席す。朝日自動車を呼びて歸る。

十二月十三日　水
午後、週刊朝日の原稿を書きかけたが、二階の書齋が寒くて捗らず。撫箏。夕、約束の黑須氏來。朝日自動車にて天然自笑軒へ招待す。歸途も朝日自動車にて送る。

るすに、大森來りし由。借家の受判の件也。

十二月十四日　木
午過、タクシーにて出社す。

夕、タクシーにて歸途、戸谷へ寄り、散髮。またタクシーにて歸る。大橋來、玄關迄。

十二月十五日　金
午過、タクシーにて出社。

午後、海運報國の原稿を書いた。「時化」五枚。

夕、栗村來。朝日自動車を呼んで、一緒に歸る。今日の十五日は、馬にした。會者、栗村、多田、大橋、谷中、內藤、村山、大森。
十二月十六日　土
午過、タクシーにて出社。
（以下、二十六日迄心覺による追記）
夕、芝巴町の郵船社員倶樂部の海運報國會の忘年會に行く。後で、朝日自動車にて濱町より湯島天神へ廻り、待合清茂登から歸つた。
MEMO
十二月十二日
帆柱の日向光るや沖の小春
小春岸の漬物樽の荷役かな　〔「俳句全作品季題別總覽」になし〕
山茶花に煙這ひ居る日中かな
山茶花かげろひてあり何の地響
ひびある火鉢の數々や廣間の笑ひ　〔「俳句全作品季題別總覽」になし〕
夜鳥渡る火桶の灰のしめり哉
十一月二日
ひねもすやお濠に灑ぐ秋の雨　〔「俳句全作品季題別總覽」と異同〕
十二月十七日　日
午後、小林さん。十八貫六百五十、一八〇。午後、大森桐明來。村山來。村山と新潮社へ行く。

歸來。村山と夕食。
十二月十八日　月
午過、タクシーにて出社。
夕、宮城へよばれて行く。德川夢聲同席。
十二月十九日　火
午過、タクシーにて出社す。
午後、國民新聞の女記者來。法政航研の學生來。
夕、東日、宮澤來。一緒に築地の藍水へ行き、辰野氏と對談會。（十六日の忘年會にてどこかにおき忘れた風呂敷歸る。但し中に入れてあつた臺灣の備忘手帖は紛失した。）
十二月二十日　水
夕、村山來。夕食。
夕、文春車谷、玄關迄來。大洋の原稿料の追加を持つて來てくれた。
十二月二十一日　木
午、戸谷へ寄りて出社。その前に平野止夫來りし由。夕、タクシーにて歸る。
十二月二十二日　金
午、タクシーにて出社す。
午後、大橋來。
夕、栗村來。一緒に九段軍人會館の法政大學航空研究會十周年記念祝賀會に行く。

十二月二十三日　土
午、タクシーにて出社す。
午後、新潮社へ行きて、また郵せんに歸る。夕、タクシーにて歸る。
村山來。夕食？
十二月二十四日　日
午後、黑須氏來。米川文子氏玄關迄來。會はず。
十二月二十五日　月
新潮文庫の新刊の原稿整理。
新潮社に持參す。
夕、村山來。カツレツにて夕食。しめの命日也。
十二月二十六日　火
午過、タクシーにて出社す。
東日、宮澤來。
あとは忘却。
十二月二十七日　水
午後、新潮社へ行き、四百五十圓と思つてゐたのが、菊の雨の增刷につき五百圓受取つた。これにて越年の計成れり。明治製菓へ廻り、戸板、香取、中岡、内田誠に會ふ。今日は郵せんは休みなれども出社す。都新聞の原稿を書いた。一回だけ「玄冬觀櫻の宴」。朝日自動車を呼びて歸る。村山來。校正料五十圓渡す。夕食。

十二月二十八日　木

朝、昨日郵船にて書いた原稿を讀みなほし、午、タクシーにて都新聞に廻りて原稿を玄關に屆けて出社。午後中、東日の對談會の原稿をなほした。午後、多田、太田來。夕、使に渡す。

夕、朝日自動車を呼びて歸る。村山來。夕食。唐助、濱松より歸來。

十二月二十九日　金

朝、玄關にて都の第二回續稿。

中野、玄關迄來たりて、ジョニヲーカーの赤をくれた。

都の堀內來、玄關迄。原稿渡す。

午過、タクシーにて戸谷へ寄り、散髮して自動車にて出社す。

午後、みの部屋に來。夕、船客課長生駒氏の招待にて船客課の松尾君と麴町茶寮にて晚餐。

十二月三十日　土

朝、都新聞の第三回を書いた。二枚半。都新聞の堀內來。渡す。午、唐助、小林さんの診察を受けて來。入學試驗の件にて黑須氏を訪ねさせる。

午後、小林さんへ行く。十八貫六百五十、一八〇。百圓お禮をした。歸りに九段米川へ寄る。るすに、大森桐明、秋田の餅を持つて來てくれた。みの來。

夕、米川文子さんの家の桑原會の忘年會へ行く。米川正夫、高山直純、渥美、雨田會す。

十二月三十一日　日

午後、唐助來。
夕、德川夢聲、海運報國の原稿持つて玄關迄來。
雜用整理。
二十七日、既に越年の計成れるにより、近年にないいい大晦日であつた。

〔欄外　別紙のメモ〕
郵船缺勤表
八月二十四日（木）
二十五日（金）　病氣（結滯）
二十六日（土）
十月十九日（木）風邪發熱と結滯
十一月二十七日（月）臺灣より歸つた
翌日の所勞

〔欄外　別紙のメモ〕
十月　三八〇
十一月　三四〇
十二月　八四三
十四年

一月	四五七
二月	五五〇
三月	六二〇
四月	七六九、五七
五月	三七一
六月	五七五
七月	六一六、五〇
八月	三八四
九月	五一〇
十月	四四八
十一月	一〇五〇
十二月	九一九

727.——

昭和十五年〔文藝手帖〕

一月一日　月
ひる前、まだ何もせぬ内に蘭茶來。一緒に祝酒。後から唐助來。ひる間に麥酒をのんだので、蘭茶が午后歸つたあともぐつたりして、一日そのままに暮れた。早寢。

一月二日　火
爾後、日記に記入する人の名には一切、ふだんの呼びなれた敬稱をも省く事にする。

朝から平常の通りに復す。午後、おやつの時に嘉例のぜんざいの雜煮を祝ふ。

夕、唐助來。一たん自分の用達に出て歸來。夕食。

一月三日　水
午、唐助、小日向より來。今日また濱松へ行く也。土產物を持たせる。

午後、溜まつてゐる雜用整理。

平野力夫妻子供をつれて年賀に來、玄關迄。

一月四日　木

午過、みの年賀に來。
無爲。
一月五日　金
夕、小林博士來。三年續いた嘉例の雀の御馳走なり。
一月六日　土
今日から郵船なれども、昨夜大分過ごしたのと、なほ別に例の結滯が一兩日來起こりかけてゐるので行かなかつた。
岩瀬年賀に來る。會はず。
夕、栗村來。すぐ歸る。
一月七日　日
五日の朝からきざしてゐた結滯いよいよほんものとなり、今曉はヰスキーを飲んで、一時を押さへたりした。
朝來、調子わるし。午後、わるし。夜、一睡後苦しくなり、又ヰスキーにて漸くねむる。
一月八日　月
郵せんを休む。
結滯は、昨日午后から昨夜が峠であつたのではないかと思はれる。今日は少しらく也。
一月九日　火
昨日は一日らくであつたが、夜、就床後苦しくなり、數囘起きなほつた。

今日も郵船を休む。一日らく也。もうなほるのだらう。

午後、徳川夢聲來。

一月十日　水
一日らくであつた。今日は郵せんの休み日也。非常に寒し。

午後、戸谷へ行く。

夜、食後苦しかつた。まだなほり切らない。

一月十一日　木
午過、今年初めて出社す。朝日自動車。

夕、また朝日自動車にて歸る。夕方近くなると、少しまた苦しくなつた。

夕食に麥酒を五本のみ、熟睡した。

一月十二日　金
午、支度をしてゐたら、又苦しくなつた。一時間以上續いた。をさまつてから出社。タクシーにて。

夕、朝日自動車を呼びて歸る。

一月十三日　土
朝來、ずつとよし。

午過、タクシーにて出社。山下忠雄來。

午後三時過より一時間餘り、非常に工合がわるかつた。ヰスキーをのんだら、暫らくしてをさまつた。夕、朝日自動車にて歸る。

一月十四日　日
神戸市外芦屋の吉田金太郎をぢさんにねだつて貰つた鹿の御馳走をする爲、明日の十五日を一日繰上げて、恆例の面會日。馬も食ひ、後で大橋の御みやげの狐の肉も食つた。會者、吾孫子、大森、大橋、谷中、多田、吉田九郎、黑須、平野止夫、栗村、村山、妹尾、內藤の十二人也。

一月十五日　月
午後、タクシーにて出社す。

大橋來。大橋の郵船入社きまるらし。

夕、朝日自動車を呼びて、大橋と一緒に歸り、大橋と夕食す。

一月十六日　火
午過、タクシーにて出社す。

午後、平野止夫來。

タクシーにて歸る。

五日以來の結滯、漸くをさまつたらし。

夕、村山來、夕食。

一月十七日　水
今日は休みの日なれども、午后、タクシーにて出社す。

午後、郵せんの自動車にて文藝春秋へ行き、四月の船中文華閑談會の件にて佐々木茂索に會ひ、またその車にて歸社す。
夕、朝日自動車を呼びて歸る。
一月十八日　木
午過、タクシーにて出社す。
スヰートの原稿三枚書いた。「砂糖黍」。夕、朝日自動車を呼び、明治製菓に寄りて歸る。明治製菓にて、鎌倉丸行の小遣百圓、香取氏の計らひにて前借す。夜、太田來。後から中公松下、大鹿卓來、玄關迄。
一月十九日　金
午、タクシーにて出社す。
午後、村山來。大橋來。
海運報國の原稿を書く。「お正月」五枚。書き終つて、タクシーにて歸る。
一月二十日　土
午、タクシーにて出社す。
夕、タクシーにて歸途、小林博士へよる。十八貫五百、一八五。尿に反應あり。鎌倉丸四日間の藥色色貰つて歸る。
一月二十一日　日
午後、村山、吾孫子夫婦來。待たせておいて、戸谷へ散髪に行く。一たん歸つてから皆と一緒にち江も加はり、横濱へ行き鎌倉丸に乘る。出帆は明日正午なれども、明日では時間迄に來るのが忙しいから、今夜から船に寢る事にした。皆皆退船した後、船室にて麥酒をのみ、持參の汽車辨を食つて寢た。
一月二十二日　月
正午、出帆。文藝春秋の長井〔「岸壁の浪枕」では永井〕、同船す。
一月二十三日　火
朝、神戸入港。昨夜飲み過ぎたので、氣分重し。則武貞さん來。後で又寢て午后三時に起きた。塚口住宅地の桑田を訪ね、又芦屋の吉田へも寄るつもりであつたが、みなやめた。夕刻、上陸。花隈の千鳥屋へ貞さんの御招待にて行く。淑子さん同席す。船に歸つて寢る。
一月二十四日　水
朝、貞さん來船す。
一月二十五日　木
正午、出帆。風あれども穩やかな航海なり。紀州の鼻にて大山火事を見た。
朝、横濱入港。東京驛に下車して郵船に出社す。大橋來。
夕、タクシーにて歸る。
一月二十六日　金
午過、朝日自動車にて出社す。
午後、忘。
夕、タクシーにて歸る。

一月二十七日　土
午、タクシーにて出社す。午後、忘。
夕、タクシーにて歸る。夜、大橋來。午後、電報にて呼んだのである。

MEMO
　一月
一〇〇　明治製糖
二〇〇　郵船
〆　三〇〇

一月二十八日　日
午後、米川文子へ行き、それから小泉にてソバを食つてから、小林さんへ行く。十八貫七百、目方この前より二百多し。一八八、血圧のこの數字は初めて也。尿反應あり。結局成績不良なり。養生週間を實施せんとす。夕、村山來。夕食。

一月二十九日　月
午過、朝日自動車にて出社す。
大橋古日の郵船囑託の件、いよいよ決定したる由。
午後、モダン日本鈴木來。
午後、大橋の件にて明治製菓へ行き、中岡にあひて挨拶し、又歸社す。
夕、朝日自動車を呼びて歸る。

一月三十日　火
ひる前、タクシーにて戸谷へ行き散髪し、タクシーにて出社す。

午後、神戸則武貞さん來。

電報にて呼んだ大橋來。大橋は明日より出社す。

夕、タクシーにて銀座裏樽平の野上臼川歸朝歡迎會へ行き、二次會は日本橋の待合葵に廻りて一時頃歸る。養生週間につき、餘りのまなかつた。

一月三十一日　水
午後、タクシーにて新潮社へ行き、タクシーにて四時前出社す。今日は、水曜の休み日なれども來た。

夕、朝日自動車を呼びて歸る。

二月一日　木
午過、タクシーにて出社す。
厚生の友の記者來。
夕、タクシーにて歸る。
二月二日　金
恆例の面會日。會者、吉田九郎、大橋、村山、栗村。
午、タクシーにて出社す。
夕、朝日自動車を呼びて歸る。
二月三日　土
午後、タクシーにて出社す。
東日吉田信來。
夕、大橋と朝日自動車にて歸り、一緒に夕食。中野、玄關迄來。そのまま歸つた。村山來。
二月四日　日
午過、小林博士。一八貫六百五〇、一八五。尿の反應少くなつた。前週、日曜より稍よし。小泉にてソバを食べて歸る。新潮文庫「地獄の門」の編纂をした。未完。

夕、村山來。夕食。

二月五日　月
午、タクシーにて出社す。

モダン日本鈴木來。色紙二枚書いた。

夕、タクシーにて歸る。中野來、夕食。

二月六日　火
ひる前、朝日自動車にて栗村の事を平野力に頼む爲、日本橋冨澤町の田端屋へ行く。平野が來てゐなかつたので、名刺をおいて待たせた自動車にて郵船に出社す。夕、タクシーにて歸る。

二月七日　水
四日にやりかけた「地獄の門」の編纂を續けて了る。

午後、新潮社へ行き、その原稿を渡す。

夕、呼んでおいた栗村來、夕食。

夕、玄關迄、桑原會の高山《かうやま》直純來。

二月八日　木
ひる前、タクシーにて戸谷へ廻り、散髮してタクシーにて出社す。

午後、村山來。

夕、タクシーにて歸る。

二月九日　金

午、朝日自動車にて出社す。先日來、定型的でなく時時結滯が起こつてゐたが、今日は朝から調子わるく、出社前も出社後も起こる。ヂギフオリンをのんだがきかない。到頭、抽斗のヰスキーをホットにしてのんだら漸く收まつた。午後四時也。

その後、村山來。

夕、丸の內會館の夏目伸六さん驩迎會に行く。

二月十日　土

午過、タクシーにて出社す。

午後、中公松下來。

昨日の結滯、今日はなんともなし。

夕、朝日自動車を呼びて歸る。歸途、米川文子へ一寸寄る。

MEMO

二月

一〇〇　八日　新潮社

五〇　〃

二〇〇　郵船

〆　三五〇

二月十一日　日

朝來、少し腹痛し。午後、松下の話の中央公論社から出すかも知れない短篇小説集の心づもりをした。

就床時、少し熱あるらし。又結滯あり。

二月十二日　月
午前一時、熱つぽくて計つて見たら七度一分であつたが、それよりも結滯ひどくして寢てゐられず。到頭午前六時過、ヂギフオリンをのんだりヰスキーをのんだりしたがなほらず、郵船を休む。午過、漸くをさまる。午後、村山來。夕、夏目伸六さん來。凱旋の御祝をした。

二月十三日　火
郵船を休む。ひる前、離床後より結滯甚しくヂギフオリン、ヰスキーをのむ。二時間位にて漸くをさまる。

夕、村山來。夕食。更めて座談抄編纂の事を賴む。

二月十四日　水
午前三時半、結滯の爲目ざめ、寢てゐられないので起きた。夜明け迄に間をおいてヂギフオリン二錠、ヰスキー數回、全然ききめなし。七時半、なほらぬままに又眠る。十一時半起きたが、まだ結滯す。こひを連れて朝日自動車にて小林博士へ行く。注射。小泉へ行き、日本酒一本、ソバを食つたが、まだなほらぬ。又、朝日自動車を呼びて歸る。歸りて居ねむり。夕五時、漸くなほつた。

今日は中公松下を呼んであつたが、ことわつた。

二月十五日　木

郵船休む。
ひる前、起床後、結滯甚し。ヰスキーにて午後一時過、漸くをさまる。
恆例の面會日。大橋、栗村、村山來。
二月十六日　金
郵船休む。
ひる前、起床後、結滯。日本酒にて午過漸くをさまる。午後、郵船海運報國會の俳句の選をした。午後、朝日自動車にて郵船へ往復し、選稿をとどけた。氣をかへて見るつもりであつたが、却つてわるく、車中より又結滯して夜まで續いた。麥酒の後、漸くをさまる。
二月十七日　土
郵船休む。
朝八時、結滯にて起床。中中なほらぬ。日本酒、麥酒にて午後一時過、漸くをさまる。二時間位にして、また甚し。夕方迄續く。夕、大橋をよぶ。大橋來、夕食。その頃は、暫らくらくであつたが、又ひどくなる。
二月十八日　日
起床後、苦し。
麥酒にてをさへた。
二月十九日　月
朝起きた時はらくであつたが、午頃より苦しくなり、二時過より麥酒を始む。麥酒をのめばらく也。しかしもう麥酒をのむのがいやになつた。
二月二十日　火
午前、離床後より結滯し、終日なほらぬ。麥酒もききめなし。
夕六時過、催眠藥をのんでねる。夜九時頃起きる。起きれば又結滯也。夜半十二時過、餘り苦しいので茶の間で起立してゐたら、その姿勢でなほりかけた。一度はもとに戻つたが、二度目の直立にてなほつたらしい。寢る時も不安なし。
二月二十一日　水
朝來、よし。なほつたかも知れない。
午後、郵船、海運報國會の佐藤來。
就床迄異狀なし。
二月二十二日　木
夜來、朝來、異狀なし。なほつたらし。郵船休む。
夕、大橋來、夕食。
二月二十三日　金
郵船休む。
極く輕い結滯時時通るけれども大丈夫らし。
二月二十四日　土
郵船休む。

午后より時時結滯あり。もとへ戻るのではないかと用心中。

夕、平野力、栗村の事にて來。

二月二十五日　日
午後、小林博士。十八貫六百五十、一八〇。尿よろし。來る水曜日に杏雲堂へ行く事を相談して賴んだ。

夕、村山來、夕食。

二月二十六日　月
今日より郵船に出社す。

午過、タクシーにて戸谷へ廻り、散髮してタクシーにて出社す。

夕、朝日自動車を呼んで歸る。先づ無事であつた。

二月二十七日　火
午過、タクシーにて出社す。

午後、改造寺尾來。四月號の小說の件也。夕、タクシーにて歸る。村山來てゐた。夕食。

二月二十八日　水
午前十一時頃より駿河臺杏雲堂病院へ行く。エレクトロカルヂオグラムの爲也。但、二時半迄待つて、結局今日は診察のみにて電氣寫眞は又この次になつた。歸途、成器寮に寄りて小林博士に會つて、その件を打合せた。一たん歸つて大森を訪ふ。夕、氣分すぐれず。

二月二十九日　木

午過、朝日タクシーにて出社す。
午後、中公松下來。中央公論社より六月頃短篇小説集を出す事にきまつた。
朝來、氣分わるし。肩のこりの所爲らし。
夕、大橋を誘ひ、朝日自動車にて歸る。
大橋と夕食。

三月一日　金

午過、朝日タクシーにて出社。

昨日よりは氣分輕し。

夕、朝日自動車を呼び、大橋同乘にて成器寮に廻り、小林博士に肩のこりをなほす注射を受け、小林博士も一緒に自動車にて途中迄送りて歸る。吉田九郎、栗村、村山、大橋、恆例の夕食。

三月二日　土

午過、タクシーにて出社す。

午后、中公松下來。

夕、タクシーにて歸る。

今日は大分らく也。

三月三日　日

午過、小林博士。十八貫五百、尿よし、血圧は一九〇なり。

また肩に注射した。歸りに小泉でソバ。夕、東日宮澤、談話筆記に來る。

三月四日　月

午過、タクシーにて出社す。

午後、辰野來。

夕、タクシーにて大橋と仁壽講堂の米川文子獨奏會へ行く。歸途、大橋一緒に來。遲き夕食。

三月五日　火
午過、タクシーにて出社。

午後、栗村來。

夕、タクシーにて樽平の法政の會へ廻る。

三月六日　水
午後、駿河臺杏雲堂へ行き、エレクトロカルヂオグラムを取つた。佐々博士診察す。病用の手紙を持つて成器寮に廻り、小林博士に渡した。

夜、大森、村山來る。

三月七日　木
午過、朝日自動車にて明治製菓へ行き、香取氏に會ひてお金の事を頼む。今月十一日迄の約束の改造五十枚を身躰の爲ことわつた後始末也。

明菓よりタクシーにて出社す。午後、松下來。夕、タクシーにて歸る。

三月八日　金
午過、タクシーにて出社す。地下室の床屋にて散髪す。午後、スヰートの原稿「バナナの菓子」三枚書いた。夕、明治の戸板來。原稿を渡した。

今日は少し氣分よし。

夕、朝日自動車にて歸る。

三月九日　土
午過、朝日自動車にて出社す。

七日、明治にたのんだ件まだきまらず心配也。

夕、タクシーにて歸る。

唐助、濱松より歸る。

三月十日　日
午后、小林博士。十八貫三百五十、尿よし、血圧一九〇なり。藥かはる。二種となる。

早寢。

三月十一日　月
午過、タクシーにて出社す。

夕、タクシーにて歸る。

夕、明治製菓香取より五十圓屆けてくれた。唐助の高知受驗行の旅費也。

三月十二日　火
午、タクシーにて出社す。午后、明治製菓へ行き、戸板より香取の託した二百圓受取る。三月七日の件にて臺南中川氏の金也。大いに助かる。

午后、新田丸案內記書き始む。

夕、タクシーにて歸る。

三月十三日　水

ひる前、バスにて新潮社へ行く。佐藤不在。バスと市電にて出社す。水曜なれども、新田丸案内記起草の爲に來た。午後、明治製菓へ行き、香取氏に會ふ。歸りに中央公論へ寄つたが松下不在。

夕、タクシーにて歸る。

三月十四日　木

ひる前、タクシーにて出社す。

新田丸案内續稿。

夕、朝日自動車にて歸る。

三月十五日　金

午過、タクシーにて出社。

新田丸續稿。

夕、タクシーにて新潮社へまはり、タクシーにて歸る。恆例の面會日。村山、栗村、大橋、妹尾、平野力來。夕食す。

三月十六日　土

午過、タクシーにて出社す。

郵船の床屋にて散髮す。船客課の生駒課長と宮城と二十年前の舊知なるにより、宮城夫妻、生駒を自笑軒に招待す。夕、朝日自動車にて生駒と自笑軒へ行く。宮ぎは向うで來會す。歸途、朝日自動車にて送る。

MEMO

三月

二百五十圓　　中川氏

二百圓　　郵せん

二百五十圓　三十日　中央公論社

〆　七〇〇

三月十七日　日

午後、中央公論社から出す短篇小説集「南山壽」の編纂をし、夕、終る。

夕、小林博士。十八貫二百。この間うちから一回毎に百五十目宛へつてゐる。その前は十八貫六百五十であつた。血圧は下がらぬ。一九〇也。種痘をした。

三月十八日　月

午過、タクシーにて出社す。

新田丸續稿。

午后、丸ビルにてソバを食ふ。中央公論社によつたが松下不在。

夕方、松下來。昨日そろへた「南山壽」原稿を渡す。夕、タクシーにて歸る。

三月十九日　火

午前十時過、タクシーにて出社す。

新田丸續稿。二十一枚にて脱稿す。夕、朝日自動車にて歸る。

三月二十日　水
午過、休みなれども省線電車にて出社す。午後、文春永井來。

夕、タクシーにて社員俱樂部の俳句會へ行く。

朝日自動車をよびて歸る。

三月二十一日　木
午后、新潮文庫の第二百鬼園隨筆選の編纂にかかつた。

夕、朝日自動車にて芝巴町の社員俱樂部の懇親會へ行き、朝日自動車を呼びて歸る。

三月二十二日　金
午后、朝日自動車にて出社す。

夕、朝日自動車を呼びて歸る。

夕、村山來。夕食。

三月二十三日　土
午過、タクシーにて出社す。

村山、栗村、志田麓、石丸靜夫來。

夕、少し早く出て、タクシーにて新田丸の件につき文藝春秋へ廻り、佐々木氏にあふ。バスにて歸る。

MEMO

三月二十日

郵船俳句會にて

軒風や雛の顔は眞白なる　〔「俳句全作品季題別總覽」と異同〕

鼠荒れ止んで雛段の夜明かな　〔「俳句全作品季題別總覽」と異同〕

鼬去りし後に落ちたる椿哉　〔「俳句全作品季題別總覽」になし〕

椿高く咲きて庭廣廣と乾きけり　〔「俳句全作品季題別總覽」と異同〕

片町を軍人行くや風光る

風光る入江のポンポン蒸氣かな

三月二十四日　日

午后、暫らく振りに（二回ぬけて）戸谷へ行き、散髪す。午後、村山來る。

夕、朝日自動車にて小林博士。十八貫二百五十、一九〇。尿よし。前週日曜日にした種痘四つの内一つ不完全善感〔善感　種痘などが充分に接種されること〕也。血液撿査の爲、血を取つた。

三月二十五日　月

ひる前、小林博士へ種痘に行く。こひと一緒に出て省線電車にて出社す。

午后、東日宮澤來る。

夕、タクシーにて歸る。

三月二十六日　火

午、タクシーにて出社す。

午後、銀座七寶ビルへ行きて、大倉喜七郎男と會ふ。新田丸の件也。

午後、村山來。

夕、朝日自動車にて歸る。

村山來。夕食。

三月二十七日　水
午、省線電車にて出社す。

夕、タクシーにて歸る。

三月二十八日　木
午前、タクシーにて出社す。

午後、會社の自動車にて目白の德川義親侯を訪ふ。新田丸の件也。乘船承諾。午後、夏目伸六さんと今度郵船に入社した澤村と來。中央公論の松下來。夕、タクシーにて歸る。唐助、高知より歸來。

三月二十九日　金
午、タクシーにて出社す。

午後、朝日グラフの原稿「東支那海」四枚書いた。ち江を呼び屆けさせる。

夕、タクシーにて歸る。

三月三十日　土
午、省線電車にて出社す。途中、中公に寄り、松林氏にあつて近刊南山壽の印稅二百五十圓前借をたのむ。午後、中公に行きて受取る。
夕、朝日自動車をよびて歸る。

三月三十一日　日

午、小林博士。十八貫〇、初めて也。血圧は血圧計を小林さんが患家へ置いて來た爲に計らず。前週日曜に血液撿査の血を取つたが、その結果は陰性であつた。歸りに太田げん方へ寄り、戸谷へ廻りて散髪して歸る。唐助、また高知高校に不合格なり。

四月一日　月

午前、タクシーにて出社。

午后、栗村來。

夕、朝日自動車にて歸る。恆例の面會日の夕食。會者、谷中、妹尾、大橋、吉田。

四月二日　火

午過、タクシーにて出社。

新田丸座談會の件にて、會社の自動車にて文春へ行き、佐々木、永井に會ふ。

夕、タクシーにて歸る。

四月三日　水

二三日前より痔が痛くて堪らぬ。今日は甚し。

午後、黑須さん麥酒を持つて來てくれた。唐助、曾彌を伴なひ來る。

午後中かかつて村山の新婚祝にせる爲、一錢のアルミ貨にて壽の字を錢書した。

四月四日　木

ひる前、タクシーにて出社す。

午後、改造の小說を考へる。

夕、タクシーにて歸る。

唐助、夕食。唐助は高知高校不合格、以後小日向にゐる。

四月五日　金
午過、タクシーにて出社。小林さんへ行くこひと一緒に出て、富士見町にて下ろしてやつた。

夕、朝日自動車にて歸る。大橋同車。

大橋、夕食。唐助同席す。

四月六日　土
午過、タクシーにて出社す。

午後、會社の車にて文春へ行つて歸る。

夕、朝日自動車を呼びて歸る。

MEMO

　一月一日の欄に人名の敬稱をよすと書いたが、口癖がひとりでに出て結局實行出來ぬから、今後どうでもかまはぬ事にする（四月四日）

四月七日　日
午後、戸谷へ散髮に行き、夕方小林さんへ廻る。十七貫九百、前週よりまだへつた。十七貫臺は近年初めて也。血圧一八〇、やつともとに戻つた。
四月八日　月

午前、タクシーにて出社。
改造の原稿を書かうと思ふのに中中書き始められない。いらいらする。
午後、唐助來。岩瀬來。
夕、タクシーにて歸る。
四月九日　火
午前、タクシーにて出社す。
午后、夏目伸六さん來。平野力來。
漸く改造の原稿を書き始めた。まだ捗らず。餘日既になし。困る。
夕、朝日自動車を呼びて歸る。
四月十日　水
午前、タクシーにて出社。
續稿はかどらず困る。
午後、丸ビルへ蕎麥をたべに行つた。
夕、タクシーにて歸る。
唐助夕食。
四月十一日　木
午前、タクシーにて出社す。
續稿捗らず。餘日なし。困る。

夕、タクシーにて歸る。

四月十二日　金
ひる前、唐助來。國學院入學手續の爲六十二圓五十錢やる。

午過、タクシーにて出社す。

續稿捗らず。

夕、改造寺尾來り、出來た丈十五枚持つて行つた。

夕、タクシーにて歸る。

四月十三日　土
午、タクシーにて文春へ行き、佐々木茂索氏より稿料三百五十圓前借した。一たんタクシーにて家にかへり、お金をおいてそのタクシーにて出社す。

午後、タクシーにて市ケ谷の大日本印刷に行き、改造の寺尾と佐藤に會ひ、先日來書いてゐる原稿「柳撿校の小閑」を大體三ケ月連載と云ふ事にした。タクシーにて歸り、續稿第三回の終迄二十一枚書いた。使に渡す。夕、文春鈴木俊彥、新田丸の件にて來。夕、歸途タクシーにて大日本印刷に行き、校正を見る。朝日自動車を呼びて歸る。

MEMO
四月
一六　朝日グラフ
三五〇　文春　十三日

一〇二、五〇　改造　十五日
二〇〇　　　　郵せん
〆　六六八、五〇
四月十四日　日
午過、小林さん。十七貫七百、この前よりまた二百目へつた。血圧一七〇、やつとよくなつた。
小泉にて蕎麥を食ひ、通寺町の金子冨三郎を訪うた。歸つてから無爲。
四月十五日　月
午前、戸谷へ廻り、散髪して午過出社。どちらもタクシー。
午后、辰野氏來。文春永井、鈴木來。
海運報國の原稿書きかけた。
夕、大橋とタクシーにて歸る。
恆例の面會日。會者、大橋、栗村、吉田、大森。
四月十六日　火
午過、タクシーにて出社す。
午後、庶務、天春副部長來室し、去年四月の入社當時は取り不敢一年間と云ふ事であつたが、差支なければ引續き在社如何都合をきくとの事にて、以後は無期限となつた。やめる時は、六ケ月前に豫告すとの事なり。午後、丸ビルで蕎麥を食つた。午後、唐助來。夕、村山來。夕食す。朝日自動車にて歸る。

四月十七日　水
　午前、栗村來。唐助來。
午過、朝日自動車にて東京驛へ、唐助驛迄見送る。栗村と横濱にて新田丸に乘る。座談會の爲也。
會者十六名。午後五時、出帆。夕食後、座談會。
四月十八日　木
　朝、名古屋入港。
夕、川文の宴會に上陸す。
　船に歸りて寢る。
四月十九日　金
　午後三時、出帆。
夕食後、二度目の座談會をした。
四月二十日　土
　朝、大阪港へ入港。座談會の連中はみな下船し、一人だけ船に殘る。午後、鈴木健太郎、子供を
三人伴なひ來船す。船中の夕食、一等食堂に初めはたつた一人也。無爲。つかれ休めをした。
四月二十一日　日
　ひる前、船より健を訪ふ。齒を一本うめて貰つた。一緒に出て御堂筋のみゝ宇にてそばを食ふ。
阪急にて塚口に桑田を訪ふ。それから仁川の中島を訪ねたが不在。神戸にて則武貞さんに穴門にて
よばれた。夜、歸船。

四月二十二日　月

朝の內、船中にて無爲。午後、下船す。

タクシーにて健の家に玄關迄寄りて、朝日會館に赤井を訪ふ。それから大阪より京都に來。都ホテルに泊る。無爲。太宰と電話にて話す。夜、食堂にて學習院の野村氏と會ひ、ラウンヂにて話す。(晝飯は二等食堂にて)。

四月二十三日　火

午頃、みやこホテルを出て京都驛に太宰を待つ。太宰來。階上にて話す。乘車する時、久米正雄と會ひ、同車にて歸る。つばめの一等車也。唐助、驛に出迎ふ。迎への朝日自動車にて歸る。今度の旅行はからだをこはさなかつたらし。

四月二十四日　水

午過、タクシーにて戸谷へ廻り、それからタクシーにて午后遲く出社して歸京の挨拶をした。栗村來。夕、朝日自動車にて歸る。

四月二十五日　木

靖國神社にて休み。ひる前、戸谷理髮店の渡邊一と大前悅三來。戸谷は今月中にて理髮部を閉店する由。合羽坂以來行つたが、今後は郵船の床屋にする。渡邊と大前は船の理髮師になりたいと云ふ話に來たのだが、兎に角きいて見てやるつもり也。午後、新潮文庫の編纂をしようとして結局無爲。肩がこつて困つた。ヰスキーを飮んで少しらくになつた。

四月二十六日　金

ひる前、岡山在平島村の安田老人來。

午過、タクシーにて出社す。

午后、戸谷の渡邊一來る。

夕、大橋同道、タクシーにて歸る。

大橋、栗村、唐助と夕食。

四月二十七日　土

ひる前、朝日自動車にて明治製菓へ行き、上京中の中川氏に會ふ。第一相互の東洋軒にて一緒に晝食す。それより出社す。

午後、村山來。

夕、タクシーにて歸る。

四月二十八日　日

午過、朝日自動車にて東京驛へ行き、臺南へかへる中川氏を見送つた。省線にて小林さんへ廻る。十七貫八百五十、一七五。この前よりどちらも稍ましたけれど先づ可也。小泉にてソバを食べて歸る。

四月二十九日　月

午後、新潮文庫の第二百鬼園隨筆選を編纂す。未完。

夕、上野精養軒の宮城の招待に行く。

四月三十日　火

午過、タクシーにて出社す。
午後、渡邊一來。松下來。
夕、タクシーにて日本橋末廣北店の東炎の會に行く。

五月一日　水
水曜なれども午頃出社。

四谷の戸谷がやめたので、郵船地下室の床屋で散髪す。午後、藤田鈴朗來。栗村來。午後、船客課松尾と文春へ行く。夕、大橋、栗村と一緒にタクシーにて歸る。

恆例の面會日。會者、大橋、栗村、村山、吉田と唐助。

五月二日　木
午、タクシーにて出社す。

去年の秋、臺灣に渡る時、大和丸の船中で書きかけた「不心得」の下書を昨日から書きなほしてゐる。今日も續稿。夕、タクシーにて歸る。

五月三日　金
午過、タクシーにて出社す。

續稿捗らず。

夕、タクシーにて歸る。

五月四日　土

午過、タクシーにて出社す。

續稿終る。十三枚。「不心得」週刊朝日にやるつもり。

夕、朝日自動車にて歸る。

五月五日　日
午、小林さん。十七貫七百、一八〇。肩がこるので注射して貰つた。

午後、村山來。

午後、新潮文庫の第二百鬼園隨筆選の編纂をした。

五月六日　月
午過、タクシーにて出社す。

改造の續稿を始めた。

夕、タクシーにて歸る。

五月七日　火
午、省線電車にて出社。

午後、渡邊一來。栗村來。

夕、タクシーにて歸る。

今日は、續稿成らず。

五月八日　水
今朝より、定型の結滯起こり、持續す。改造の〆切前にて甚だ困る。昨日午後より、そのきざしあり。なほ二三日前から時時は起こつてゐた。

午後、タクシーにて出社。夕、郵船の自動車にて永島常務、船客松尾氏と同乘、目白の德川義親侯の招待に行く。歸りは宮城と同乘。

五月九日　木
結滯。氣をかへて見る爲、午後、郵船に出社す。駄目也。

唐助、夕食して行く。

五月十日　金
結滯續く。

郵船休む。

午後一時過より二時間許り甚だ苦し。その後、小林博士來診。

夕、唐助來りて夕食す。

五月十一日　土
結滯續く。

郵船休む。

午後、改造寺尾、村山來。

夜、大橋來。

就寢前、稍よし。なほるのかも知れない。

MEMO

五月

五二、〇〇　週刊朝日
五〇　十七日　新潮社
一〇〇　十八日　〃
二〇〇　郵船
一五〇　二十五日　中公
二〇〇　三十日　ボナス

〆七五二。

五月十二日　日
朝、起きた時よし。なほつたらし。但し、終日斷續す。
唐助を郵船へやり、改造連載の第二回分第四章を一枚書きかけてゐた原稿を取つて來させた。

五月十三日　月
いよいよなほつたらし。今度のは小林博士の處置適中したるにや。いつもより早くなほつた。郵船休む。
改造原稿、漸く間に合つた。終日かかつて十四枚書いた。使に渡す。夜、工場の者、その校正刷を持つて來た。待たせて校正して渡した。

五月十四日　火
朝來、よし。

午後、タクシーにて出社、散髪す。

丸ビル、中央公論社へ行き、松林氏にお金の件たのむ。

夕、タクシーにて歸る。唐助來。

夜は、明日大掃除の爲、二階に寢た。

五月十五日　水
午前、タクシーにて出社す。

午後、海運報國の原稿「新田丸座談會覺書」を書いた。五枚。

夕、中公松下來。

夕、タクシーにて歸る。今日は、十五日なれども大掃除の爲、恆例の面會日はやめ。夕、村山君の新居によばれて行く。栗村同席。歸りは朝日自動車を呼び、栗村を同乘せしめ、矢來の栗村の宿の方に廻りて歸る。るすに平野止夫來りし由。

五月十六日　木
午後、タクシーにて出社す。

午後中、先日來たまつてゐた手紙葉書の返事等にてつぶれた。夕、朝日自動車を呼びて歸る。

五月十七日　金
午過、タクシーにて出社す。

午後、新潮社へ行き、座談抄の原稿を渡した。中央公論のお金の件、十四日以來まだ埒が明かぬ。新潮にて百五十圓借りる事が出來た。內、五十圓今日受取る。百圓は明日也。

五月十八日　土

午後、タクシーにて出社す。

十五日に書いた「新田丸座談會覺書」の推敲がしてなかつたので、今日午後、校正をかねてなほした。

夕、タクシーにて歸る。

五月十九日　日

午過、朝日自動車にて小林博士へ行く。十七貫七百、一七五。

午後、掲載雜誌の整理。村山來。後から細君來。唐助來。夕食前に歸る。

五月二十日　月

午後、タクシーにて出社す。

辰野氏來。戸谷にゐた大前來。

夕、タクシーにて歸る。

五月二十一日　火

午過、タクシーにて出社す。

午後、文春車谷來。元法政の教務北田來。

夕、タクシーにて富士見町の待合菊の家へ行く。辰野氏の招待也。里見弴氏、久保田万太郎氏同席。

五月二十二日　水

休みなれども、午後、タクシーにて出社す。散髪。

夕、スキートの原稿書きかける。

夕、タクシーにて歸る。

五月二十三日　木
午、タクシーにて出社す。

午后、中公松下來。

午后、スキートの原稿書き終る。「蟻と砂糖」三枚。夕、平野力の招待にて麻布六本木の大和田へ行く。多田、平野、郵船へさそひに來。歸りも二人に門口迄送られた。

五月二十四日　金
午過、タクシーにて出社す。

讀賣記者三宅來。

明糖の香取、戸板來。香取氏に先日船から上げて貰つた Black & White 一壜進呈す。戸板には昨日脱稿した原稿を渡す。夕、タクシーにて歸る。唐助來。夕食。夜、石丸靜夫來。根附の本二部返した。

五月二十五日　土
午后、タクシーにて出社す。

中公の使の女、來て待つてゐた。松下君の盡力にて十四日以來のお金の件、二百五十圓と申し出たのが百五十圓にて解決す。午後、中公へ行つて受取る。夕、もと戸谷の渡邊、大前來。神田今文にて御馳走してやる。今文は初めて也。
五月二十六日　日
午后、明治講堂の移風會へ行く。それから糖業協會の則武貞さんの娘淑子の結婚披露に行く。朝日タクシーを呼んで歸る。
五月二十七日　月
午過、タクシーにて出社す。
午後、中公堺來。
夕、タクシーにて帝國ホテルへ行き、則武貞さん夫妻と女の子れい子とを自笑軒に招待した。往復とも朝日自動車を呼び、歸りは帝國ホテルに送りて、又麥酒とコクテールを飲んで歸つた。
五月二十八日　火
朝一度起きて、食後又寢直す。
午後、タクシーにて出社す。
夕、タクシーにて歸る。
五月二十九日　水
午后、タクシーにて新橋演舞場の川奈樂劇團に行く。タクシーにて歸る。
夕、栗村と唐助同席にて、誕生祝をした。
五月三十日　木
午、タクシーにて出社す。

午後、中公松下來。夕、中公堺來。

夕、タクシーにて歸る。

五月三十一日　金
午、タクシーにて出社す。散髮。

丸ビルの横濱植木店にて蔦を買つた。東日吉田信さん、辻平一君來。

すぐその後から宮澤來。

夕、渡邊一來。

六月より一年間、渡邊が英會話の學校に行く。月謝その他として毎月五圓づつやる事にした。今日、六月分の五圓を與ふ。今後は、毎月二十五日の渡邊の公休日に來させて與へる事にした。

夕、タクシーにて歸る。

六月一日　土

午后、タクシーにて出社す。

社用多端。

夕、大橋とタクシーにて歸る。恆例の面會日也。會者、大橋、谷中、村山。

六月二日　日

午過、こひとタクシーにて神樂坂田原屋へ行き、大森桐明の見舞の果物五圓足らずを求め、こひに持參させた。

それから小林さん。十七貫七百、一七〇、大體よろし。歸りに小泉にてソバのモリ三つ。

六月三日　月

午、タクシーにて出社す。

夕、中央公論の迎へにて芝公園嵯峨野の杉山平助氏との臺灣座談會へ行く。私の提唱也。

六月四日　火

午過、多田來、玄關迄。一緒にタクシーにて警視廳前迄同乘して下ろし、出社す。

タクシーにて歸る。

六月五日　水
水曜なれども、午後、出社。散髪す。

夕、タクシーにて一ツ橋學士會館へ行く。六高同窓の會也。會者十二名。松岡、早川、谷、星島、齋藤、河田、澤田、土居、田島、石川、間原《まはら》。タクシーにて歸る。

六月六日　木
午過、タクシーにて出社す。

夕、タクシーにて歸る。

夕、村山夫婦を家に招待した。

六月七日　金
午過、タクシーにて出社す。

東日原稿「麻姑の手」三枚半書いた。すぐ送る。栗村來。

夕、社員クラブの海運報國會の宴會に行く。荒木町にて二次會。朝日自動車を呼びて、新橋迄佐藤、丹野を送りて歸る。

六月八日　土
午後、出社す。

村山、藤田保二來る。中公堺、二度來る。

夕、タクシーにて歸る。

六月九日　日

午後、小林博士。十七貫六百、一七〇。歸りに小泉にてソバを食ふ。歸つてからうたたね。食慾なし。

六月十日　月

郵船休む。食慾全くなく且つ眠つてばかりゐる。今朝も起きてから又眠つた。その爲出社叶はず。

午後、文春車谷、夏目伸六さん來。

夕、朝日自動車にて小林博士へ行く。十七貫五百五十、一七五。待たせた朝日自動車にて歸る。

六月十一日　火

朝起きて後、又うたたねした。

午後、出社す。出社前に讀賣三宅玄關迄來。夕、杉山平助氏來。新田丸と平安丸による今月末の神戸周遊を杉山君の爲に計らつた。夕、一緒に出て銀座のニューアスタークラブで麥酒を飲んで外にて分れ、タクシーにて歸る。

六月十二日　水

まだからだの加減わるし。しかし改造の原稿氣にかかる故、水曜なれどもタクシーにて出社す。改造の原稿二枚餘り書いた。夕、タクシーにて歸る。

六月十三日　木

朝早く起きた。

午、タクシーにて市ケ谷の大日本印刷へ行く。寺尾と相談の結果、連載は一ケ月休む事になつた。朝日自動車を呼びて一先づ歸り、出なほしてタクシーにて出社す。

夕、タクシーにて歸る。
九日、日曜前より身躰の調子わるく、寢過ぎたり、食慾がなかつたりしたが、なほりかけたらしい。

六月十四日　金
朝早く起きた。
午、タクシーにて出社す。
午后、讀賣新聞の原稿「机」三枚書いた。すぐ送る。
夕、タクシーにて宮城へ廻り、手紙で頼んでおいた百圓借り、待たしたタクシーにて歸る。

六月十五日　土
午後、タクシーにて出社す。
午後、中央公論堺來。過日の杉山平助氏との臺灣の座談會速記は、廢稿にするとの挨拶也。
夕、タクシーにて歸る。恆例の面會日。會者、栗村、谷中、妹尾に唐助加はる。

MEMO
先月二十六七日頃より、定型的でない結滯が頻發してゐたが、去る八日の土曜日あたりからなほつたらしい。その後に、上欄十三日に記入した身躰の變調があつた。

六月十六日　日
午過、タクシーにて小林さん。十七貫二百、こんなにへつた事なし。先日中の不例の所爲ならん。
一七五。タクシーにて歸る。午後、新潮社の第二百鬼園隨筆選の目次の順序をつけた。未だ終らず。

夜、大橋來、玄關迄。會はず。
六月十七日　月
梅雨に入つたらし（翌日から晴天）
午過、朝日タクシーにて出社す。
午後、村山來。
夕、朝日タクシーにて歸る。
六月十八日　火
朝、町内の正木氏來、玄關迄。會はず。
午過、タクシーにて出社す。
午後、丸ビルへ行つて植木を買つた。芋の鉢植えなり。午後、夏目純一さん來。夕、タクシーにて歸る。
六月十九日　水
郵船休み。前週水曜日十二日に二枚餘り書いた改造の續稿を書く。紙數は捗らざれども調子よく行くらし。夕、タクシーにて社員倶樂部の郵船句會へ行く。歸りは朝日自動車。
六月二十日　木
午過、タクシーにて出社す。
午後、松下來。
夕、タクシーにて歸る。

夜、大雷雨。

六月二十一日　金

午、タクシーにて出社す。

午後、讀賣新聞に行きて、十四日に送つた「机」の稿料十二圓受取る。タクシーにて往復。

午後、中公の南山壽の序文を昨日から書きかけてゐたのを書き上げて使に渡す。

夕、タクシーにて歸る。

六月二十二日　土

午過、タクシーにて出社す。

夕、十九日以來の改造續稿。

夕、タクシーにて歸る。

MEMO

六月十九日　郵船句會席上

庭の闇深々と紫陽花をかくしけり

▽以下みな未完句なり

螢流れて畷は遠き森に入り

矢の如く螢流れて消えにけり　〔「俳句全作品季題別總覽」と異同〕

吹き降りの青田打ち行くやはすかひに

六月二十三日　日

午過、小林さん。十七貫二百五十、一七〇。午後、改造の「柳撿挍」續稿。

六月二十四日　月

午前、タクシーにて出社す。散髪。午后、杉山平助氏來。二十七日新田丸にて神戸へ行き、平安丸にて歸る週〔周〕遊招待の件也。切符を渡す。

村山來。

夕、タクシーにて歸る。村山來。夕食。

六月二十五日　火

午、タクシーにて出社す。

午後、渡邊一來。英語會話學校の月謝と小遣五圓を與ふ。二回目也。

夕、橋爪檳榔樹來。小林博士の親戚也。

夕、タクシーにて宮城へ廻り、先日の百圓を返し、待たせたタクシーにて歸る。唐助來。夕食。

但し、唐助、みのの來た事は以後錄せず。

六月二十六日　水

郵船休み。

終日、改造の柳撿挍續稿。

六月二十七日　木

午前、タクシーにて出社す。

午後、サンデー毎日山口來。中公堺來。

續稿捗らず。

夕、船客松尾氏の招待にて丸ビル九階へ麥酒を飲みに行く。丸ビル九階に上るは初めて也。大橋同席。他に未知の男一人。朝日自動車を呼びて歸る。

六月二十八日　金
午前、タクシーにて出社す。

續稿成らず。

夕、德川夢聲來。

夕、唐助郵船に呼びて、東京驛莊司地下食堂、驛食堂をきいて廻つたが壜詰麥酒を飲ませる所なし。省線電車にて四谷見附三河屋へ行つたが同前。又タクシーにて丸ビルに引返し九階のバアへ上がつたけれど、今夜は壜詰なし。生麥酒にてあきらめて飲んで唐助と歸り夕食す。家に麥酒が切れた爲の騷ぎなり。

六月二十九日　土
ひる前、朝日タクシーにて明治製菓へ行き、香取氏に會つてお金の前借をしようと思つたが、成らず。タクシーにて宮城へ行き、百圓かりて待たせたタクシーにて出社す。

午後、村山來。海の歌集、句集の件也。船客松尾氏と相談す。夕、タクシーにて宮城へ行き、夕食。朝日自動車を呼びて歸る。

MEMO

一二、讀賣、二十一日
二〇〇、郵せん
〆
二一二
六月三十日　日
午過、小林さん。十七貫三百、一九〇。突然こんな數字が出たが、思ひ當たるところなし。尿、異狀なし。小林さんは、別に氣にかけない風であつたが、自分で憂鬱になつた。タクシーにて歸つてから、ソバを食べて午寐をした。餘りいい氣持ではなかつたが、眠つた。氣分鬱して豫定の改造の仕事をする氣にもならず、夜はひるねの爲に二時前迄寐つかれず。これ皆數字におどかされた爲也。笑ふ可し。

內田百閒（うちだ　ひゃっけん）
明治二十二（一八八九）年五月二十九日、岡山市の造り酒屋の一人息子として生れる。旧制第六高等学校を経て、東京帝国大学独文科卒業。在学中に夏目漱石門下となる。陸軍士官学校、海軍機関学校、法政大学などで、ドイツ語を教えた。『冥途』『旅順入城式』『百鬼園随筆』『東京焼盡』『阿房列車』『ノラや』など著書多数。昭和四十二年、芸術院会員推薦を辞退。本名、内田栄造。別号、百鬼園。昭和四十六年四月二十日没。

百鬼園 戰前・戰中日記　上

2019年5月29日　初版第1刷発行

著　者――――內田百閒
発行者――――依田俊之
発行所――――慶應義塾大学出版会株式会社
〒108-8346　東京都港区三田2-19-30
TEL〔編集部〕03-3451-0931
〔営業部〕03-3451-3584〈ご注文〉
〔　〃　〕03-3451-6926
FAX〔営業部〕03-3451-3122
振替　00190-8-155497
http://www.keio-up.co.jp/
装　丁――――桂川潤
印刷・製本――株式会社理想社
カバー印刷――株式会社太平印刷社

Printed in Japan　ISBN 978-4-7664-2603-8

慶應義塾大学出版会

折口信夫　秘恋の道

持田叙子 著

学問と創作を稀有なかたちで一体化させた、折口信夫。かれの思考とことばには、燃えさかる恋情が隠されていた。大阪の少年時代から、若き教師時代、そして晩年まで、歓びと悲しみに彩られた人生をたどる、渾身の評伝／物語。

四六判／上製／480頁
ISBN 978-4-7664-2532-1
◎3,200円　2018年9月刊行

【目次】

表示価格は刊行時の本体価格(税別)です。